EL BARCO DE VAPOR

El complot de Las Flores

Andrea Ferrari

Premio El Barco de Vapor 2003

sm

Ediciones SM ha decidido conservar los argentinismos originales, como muestra de la riqueza de una lengua que se utiliza en toda España y gran parte de América y que actúa como puente entre culturas.

Colección dirigida por Marinella Terzi
Imagen de cubierta: Javier Aramburu

© Andrea Ferrari, 2003
© Ediciones SM, 2003
    Joaquín Turina, 39 - 28044 Madrid

ISBN: 84-348-8949-1
Depósito legal: M-10678-2003
Preimpresión: Grafilia, SL
Impreso en España / *Printed in Spain*
Imprenta SM - Joaquín Turina, 39 - 28044 Madrid

Para Ernesto y Valeria

1

ERA peor de lo que había imaginado. Claro que yo sabía que veníamos a un pueblo chico, pero no esperaba algo tan mínimo. Tan insignificante. Tan nada.

—Horroroso –dictaminó Leonardo con la cara pegada a la ventanilla cuando el ómnibus tomó la calle central.

Mamá nos hizo callar.

—Escuchen –dijo–. Me parece que hay música.

A lo lejos, sonaba una trompeta. Pero solo después de que el ómnibus se detuvo y la nube de polvo se disolvió, vimos a la banda: cuatro hombres vestidos con un ridículo saco verde que, evidentemente, les quedaba a todos chico. Se veían un poco viejos y bastante panzones, pero lograban sacar de sus instrumentos una música aceptable, aun con el viento aullando en contra. Junto a ellos había una mujer que con una mano sostenía un ramo de flores y con la otra intentaba evitar que se le volara el vestido. Y al lado, agitando su mano, mi papá. Leonardo soltó un suspiro exagerado y dijo, en ese tono irónico que no había abandonado en todo el viaje:

—Una banda de pueblo. Parecen del siglo pasado.

Mamá le pegó un codazo y sonrió en dirección a la única pasajera que había llegado con nosotros hasta el final de ese largo camino.

—¿Qué se festeja? –le preguntó mientras todos nos preparábamos para bajar.

La mujer pareció sorprendida.

—A ustedes. ¿No son los Herrera, acaso?

—¿Cómo sabe?

—¿Cómo no voy a saberlo? –sonrió–. Que alguien venga a vivir a este pueblo es un verdadero acontecimiento. No se habló de otro tema en el último mes.

—No lo puedo creer –susurró a mi oído mi hermano mientras avanzábamos por el pasillo del ómnibus–. Esto sí que no lo puedo creer.

Las puertas se abrieron y cuando nos disponíamos a bajar los dos sentimos la presión de las manos de mamá en la espalda. Nos dimos la vuelta y encontramos su mirada, una típica mirada de madre nerviosa.

—Ya saben –fue todo lo que dijo.

Sí, sabíamos lo que ella quería que supiéramos. Que teníamos que sonreír, agradecer a esa gente la amabilidad de ir a recibirnos y, sobre todo, callarnos lo que pensábamos sobre vivir en Las Flores.

—No te preocupes –la tranquilicé–. Nunca se nos ocurriría ser sinceros.

—Nunca –repitió mi hermano antes de esbozar esa sonrisa falsa que no dejó caer ni por un segundo durante la presentación de los abrumadoramente amables habitantes de Las Flores.

Aunque yo intento disimular, me siento casi tan mal como Leonardo. Es que nada de lo que sucedió en los últimos meses fue fácil. En agosto, a mi papá, que es médico, lo echaron del trabajo. Vino un día con una cara fatal, mezcla de sorpresa, de pena y de bronca, y contó que la clínica tenía problemas económicos y había decidido reducir el personal. Si hubiera sido en otro momento, le oímos decir mil veces, habría sido fácil conseguir un nuevo trabajo. Pero en medio de la crisis...

La crisis. La palabra se venía oyendo con frecuencia en Argentina, aunque nunca como en los últimos meses. Vimos varios cambios de

9

presidente y miles de personas que salieron a la calle a protestar, golpeando cacerolas y cucharas. Pero para mí nada mostraba tan bien la crisis como ver a mi papá cada día después de revisar todos los avisos de trabajo del diario y comprobar que no había nada para él. Inquieto, malhumorado, ansioso, llegó a inventarnos enfermedades para poder curarnos. Un día, después de soportar que le auscultara el pecho, le revisara la garganta, comprobara sus reflejos y analizara detenidamente el blanco de sus ojos, y todo por un simple resfrío, mi hermano le gritó:

—¡Lo que vos necesitás es un paciente!

Era cierto. Necesitaba desesperadamente un paciente. O muchos. Los últimos meses habíamos estado viviendo, ajustadamente, del escaso sueldo que obtenía mi mamá en sus clases particulares de matemáticas. Pero se sabe cómo es eso: en diciembre llegan las vacaciones y se acaba. ¿Y qué íbamos a hacer?

Así estaban las cosas el día que papá entró y dijo que le habían ofrecido un trabajo. Yo grité y corrí a abrazarlo.

—¿De verdad?

—Sí –sonrió–, un trabajo de médico.

Sentí que algo no estaba del todo bien. Su sonrisa era distante, como si quisiera esquivar mi mirada.

—Es un poco lejos –explicó–. Tendríamos que mudarnos.

—¿Mudarnos? –la sonrisa de mi mamá también empezaba a desvanecerse–. ¿Adónde?

—Al sur –dijo papá–. A la Patagonia. Es un pueblo que se llama Las Flores. Me dijeron que el paisaje es maravilloso.

De a poco, fue soltando los detalles. Dijo que en Las Flores no hay hospital. Apenas un puesto sanitario, con un médico y una enfermera. El último se acababa de jubilar, a los setenta y ocho años, cuando su pulso ya no le permitía siquiera enyesar a los chicos que se fracturaban jugando al fútbol. De modo que necesitaban otro: le ofrecían el cargo a papá por un año, con posibilidades de renovarlo si todo andaba bien. Era un pueblo chico, aclaró, muy chico.

—¿Cuánto? –quiso saber mamá.

—No más de quinientos habitantes.

Recién ahí empezamos a entender de qué se trataba el asunto. Las Flores queda a setenta kilómetros de una ciudad importante, San Marcos, pero solo los primeros veinte están asfaltados. Y el camino es malo. Peor: es horrible. En invierno, cuando nieva copiosamente, el pueblo queda aislado. En primavera, cuando llueve mucho, también. No hay cines, ni teatros, ni discotecas. Por suerte, aclaró papá, hay escuelas. Dos.

11

A mi hermano la cara se le había puesto ligeramente verdosa, como si estuviera a punto de descomponerse.

—¿Hay videojuegos? –preguntó en pleno ataque de pánico.

—No me dijeron –respondió cauteloso papá–, pero francamente lo dudo.

El labio superior de Leo temblaba cuando agregó en un hilo de voz:

—¿Y conexión a Internet?

Papá ni siquiera le contestó.

No hubo demasiado tiempo para pensarlo, porque en Las Flores querían una respuesta de inmediato. De modo que aún no nos habíamos acostumbrado a la idea cuando papá ya estaba haciendo las valijas. Estaba empezando diciembre y tenía que viajar enseguida. Nosotros nos quedamos un mes más, hasta terminar las clases y entregar la casa. Fue un mes en el que Leonardo se la pasó diciendo a quien se cruzara en su camino que nos íbamos a vivir a un lugar *terrible*.

—Sin hospitales, ni cines, ni teatros, ni discotecas, ni videojuegos, ni Internet, ni nada –repetía–. Es un lugar que no existe. Seguramente están todos muertos y nadie se dio cuenta.

Yo traté de no contagiarme de su desánimo, aunque no fue fácil despedirse de los amigos, ni dejar la casa donde habíamos vivido siempre para que la ocuparan otras personas. Intenté convencerlo de que aquello podía ser el comienzo de una aventura apasionante. Pero a sus once años, Leonardo ya desarrolló un cinismo preocupante.

—¿Aventura en Las Flores? –dijo–. Más bien va a ser un milagro si logramos no morir de aburrimiento. Sí, vamos a morir –insistió–, nos van a enterrar en Las Flores y será la muerte más tediosa del mundo.

Partimos en la madrugada de un viernes. El viaje desde Buenos Aires hasta San Marcos llevó un día entero. Ya llegábamos a la ciudad cuando el ómnibus tomó una curva y frente a nosotros apareció un increíble lago rodeado por montañas. Me acordé entonces de la frase que había escrito mi papá en una de sus cartas: «El paisaje es tan espectacular que te corta el aliento». Sacudí a Leo para que mirara. Tal vez, le dije, después de todo no esté tan mal vivir aquí.

—¿Qué –me contestó bostezando–, pensás pasarte un año mirando el paisaje?

Tuve que reconocer que algo de razón tenía. Sobre todo cuando siguieron dos horas de tortura hasta llegar a Las Flores, en las que el ómnibus saltó con cada piedra del camino y el polvo entró a raudales por las ventanillas y por todos los orificios de nuestros cuerpos.

Y ahora estábamos allí, frente a esos extraños hombres de chaquetas verdes y trompetas gastadas que nos daban la bienvenida y a la mujer de vestido naranja que soltó sus flores en las manos de mi mamá antes de proclamar que el pueblo estaba feliz, absolutamente feliz, de recibirnos. Yo dije unas veinte veces que me llamo Mara, que tengo catorce años y que sí, que estoy contenta de estar aquí. Todavía faltaba que llegaran corriendo el intendente y la directora de la escuela con bombones de regalo, y todos estamparan sonoros besos en nuestras mejillas cubiertas de polvo, mientras yo pensaba que todo aquello resultaba un poco exagerado. Será que, como dijo mi papá, yo no tengo ni idea de lo que sucede en este pueblo.

2

Diario del Grupo de Rescate

21 de enero de 2002

Hoy se realizó la primera reunión del Grupo de Rescate de Las Flores. Yo, Ángeles Espinoza, decidí llevar un diario de los acontecimientos de aquí en adelante. Consideré que, si triunfamos, esta será la crónica de nuestra hazaña, una crónica que dejaremos a las futuras generaciones de habitantes de este pueblo. Y si fracasamos, será el testimonio de que hicimos todo lo que estuvo a nuestro alcance para evitar la muerte de Las Flores.

Las reuniones tendrán lugar siempre en la sala azul del club. Es un poco chica, pero como está apartada del bar y el billar, nos mantiene lejos del ruido y de los curiosos. No es que estas reuniones sean secretas, pero creemos que por ahora es mejor mantener cierta reserva sobre nuestra actividad, para evitar interferencias. También acordamos que el grupo no incorporará nuevos miembros. Ya es bastante difícil tomar decisiones sin pelearnos así como estamos. Los siete integrantes son los siguientes:

Luis Verdú: intendente del pueblo.

María Rosa Sánchez de Verdú: esposa de Luis y directora de la escuela primaria.

Santiago Rueda: carpintero, herrero y escultor. Como ahora tiene poco trabajo, también hace reparaciones a domicilio si alguien lo llama. Es español, aunque lleva viviendo aquí más tiempo del que puede recordar.

Marta Faldutti: dueña de Arco Iris, tienda de ropa para mujer y niña. Se especializa en suéters, tejidos por ella misma.

Leticia Fernández: profesora de Matemáticas y Física en la escuela secundaria. También da clases de piano, cuando consigue alumnos.

Horacio Stern: marido de Leticia. Ex empleado del astillero. Desde que está desocupado, trabaja con la camioneta haciendo traslados o mudanzas.

Ángeles Espinoza (o sea, yo): especialista en repostería. Dueña de la casa de comidas El Lago (ex hostería El Lago). Escritora amateur (es decir, nunca publiqué nada, pero tengo varios cuadernos completos con poemas, cuentos y una incipiente novela).

Sería bueno explicar por qué somos nosotros y no otros los integrantes del Grupo, habiendo mucha gente más en el pueblo. Pero en verdad, no estoy segura. O tal vez sí: fuimos quienes alguna vez expresamos temores, dudas, una cierta preocupación por lo que iba a pasar. Los que advertimos que las cosas estaban yendo mal y si no hacíamos algo, irían peor. Don Luis fue quien nos convocó. Para hablar, dijo, para discutir el futuro.

Ahora fue el primero en tomar la palabra. Había llevado una libreta donde tenía prolijamente anotados todos los datos actuales de Las Flores. Dijo muchas cosas. Para empezar: que como todos sabíamos el pueblo había llegado a tener en épocas de gloria más de mil ochocientos habitantes. Pero que según el censo elaborado por él mismo, en 1999 la población era de mil treinta y siete personas. Que un año después, en diciembre de 2000, se había reducido a setecientas ochenta y dos. Y que este año en Las Flores éramos apenas trescientas noventa y ocho personas, pero eso esta semana, porque el martes próximo se iban los Rosso (padre, madre y dos hijos), con lo cual seríamos trescientas noventa y cuatro. Lo que era, prácticamente, una catástrofe. No que se fueran los Rosso, sino la situación general. Según don Luis, hemos ingresado de lleno en la categoría de ''pueblo en peligro de extinción''. Es decir que si no se revierte el proceso actual de fuga, Las Flores dejará de existir.

—¿Eso qué significa exactamente? –quiso saber Santiago.

—Que se muere. Que va a terminar vacío, como ya pasó en otros lugares. Hay cuatrocientos pueblos en estas condiciones en el país: la gente se va yendo hasta que no son más que una cáscara, un conjunto de edificios desocupados y cubiertos por el polvo. Les dicen pueblos fantasmas. Como Manzanares.

—¿Como Manzanares? –dijo espantada Marta–. No, Luis, eso no nos puede pasar a nosotros. ¿Por qué va a pasarnos una cosa así?

Entonces el intendente hizo un análisis de las causas. Que en realidad ya todos las conocíamos, pero insistió. Empezó con el fin del ferrocarril, aunque eso pasó hace ya casi veinte años. Pero según él, las consecuencias de que el tren no pase más por nuestro pueblo siguen sintiéndose hoy en día. Después siguió con los cierres de los dos astilleros: uno en 2000 y otro seis meses atrás, que habían dejado sin trabajo a numerosos florenses (yo siempre uso esta denominación, aunque algunos prefieren decir ''floridos'').

También se refirió al problema del camino: dijo que en el último año, con la crisis, la municipalidad de San Marcos había dejado de mandar la cuadrilla para mantener el camino más o menos transitable. Y que si antes ya llegaban pocos turistas, ahora, con tanta piedra y polvo, solo ve-

18

nían de vez en cuando algunos mochileros valientes, pero esos ponían las carpas en el bosque y casi no gastaban dinero en el pueblo. Que los turistas podrían ser nuestra salvación, pero que en estas condiciones no podíamos atraer a nadie.

Por último, dijo que, como todos sabemos, mucha gente del pueblo trabaja en el frigorífico que está a dos kilómetros de aquí. Que según los rumores, las cosas le estaban yendo bastante mal. Y que si el frigorífico cerraba, estábamos fritos. Así dijo: fritos.

Pidió entonces la palabra Horacio. Dijo que lo que hacía falta era que asfaltaran el camino. Aquí hubo un murmullo de reprobación generalizado, porque decir eso era una obviedad sin sentido. Don Luis le recordó que hace más de veinte años que se está pidiendo el asfalto al gobierno provincial, pero no hubo caso. Y ahora con la crisis, menos.

Leticia sugirió formar una comisión para hablar con el intendente de San Marcos, y pedirle que al menos vuelvan a mantener en buen estado el camino. Luis le respondió que ya habían ido a hablar diez días atrás, sin resultado. Dijo también que el miércoles pasado el intendente se había tenido que esconder en su oficina porque una multitud de vecinos enojados de San Marcos había ido a golpear cacerolas para reclamar que bajaran los impuestos y repartieran comida entre los más necesitados. Y que en estas condiciones Las Flores no le importaba a nadie más que a nosotros.

Entonces pidió la palabra Santiago, el carpintero. Dijo que había que ir a hablar con don Alfonso Vera.

—¿Don Alfonso? –repitió María Rosa–. ¿El rico de la estancia? Debe de tener más de noventa años.

—Noventa y tres, para ser exactos –aclaró Santiago–. Diez más que yo. Y tal como usted dijo, es rico.

—¿Y qué puede hacer él? –preguntó Leticia.

—Alfonso se instaló en este pueblo hace muchos años, cuando recién empezaba –explicó Santiago–. Le fue bien, compró campos, cultivó. Ustedes son muy jóvenes para recordar el día en que se enteró de que en uno de sus campos había petróleo. Fue entonces cuando vinieron empresarios de Buenos Aires para comprarle las tierras. Las vendió y se quedó solo con la estancia. De a poco su familia se fue yendo. La esposa murió y los hijos viven en la ciudad. Ahora está solo con un nieto.

—¿Y todo eso qué tiene que ver? –volvió a preguntar Leticia.

—Que Alfonso es dueño de una gran fortuna. Y yo debo de ser el único que se acuerda de una promesa: cuando apareció el petróleo, dijo que

20

alguna vez él iba a pagar el asfalto hasta la ciudad. Hay que hacérsela cumplir.

—¿A los noventa y tres años? –exclamó Marta–. Ni siquiera se va a acordar. Y creo que está sordo.

—Pues se lo recordamos –insistió Santiago–. Y si hace falta, gritamos.

—¿Pero por qué va a hacernos caso?

—Porque él siempre quiso al pueblo. Además, con probar no perdemos nada.

En eso tenía razón. Y como no había otras propuestas terminamos por aprobarla. Se creó una comisión –Santiago, Luis, María Rosa y Leticia– para ir a visitar a Alfonso Vera tan pronto como fuera posible. No había más que hablar, así que trajimos unas cervezas del bar para tomar algo antes de disolver la reunión. Alguien mencionó a los Herrera.

—La familia del médico nuevo –explicó don Luis–. Acaban de llegar su mujer y dos hijos. Lindos chicos.

—Esos no van a durar –desconfió Marta–. Son gente de ciudad grande. Nunca se van a adaptar.

—Tal vez te equivoques –dijo María Rosa–, tal vez se enamoren del pueblo. Brindemos por que se queden. Necesitamos gente joven.

—Por los Herrera y por el asfalto –dijo Santiago levantando la copa.

Los vasos chocaron y todos bebimos.

3

Hasta mi hermano, que no abandona su cara de por-qué-me-tiene-que-pasar-esto-a-mí, tuvo que reconocer que la casa no está mal. No solo es más grande que la que dejamos en Buenos Aires, sino que tiene un jardín increíble. Para nosotros, que siempre vivimos en un departamento en el que había que asomar medio cuerpo por la ventana para poder ver el cielo, todo este verde es una sorpresa inesperada: hay seis árboles, césped de verdad y hasta flores. Papá nos contó que fue la casa del médico anterior, que ahora vive en la ciudad, y que pagamos por ella un alquiler muy bajo.

—Obvio –dijo mi hermano–, nadie más querría vivir acá.

Papá ignoró el comentario. Tenía otra sorpresa: le compró cuatro bicicletas usadas a una familia de apellido Rosso que al parecer está a punto de dejar el pueblo. Dijo que también hay un auto viejo a su disposición en el puesto sanitario, para casos de urgencia, pero casi nunca se usa.

—Aquí todo el mundo se mueve en bicicleta –nos explicó mientras desarmábamos las valijas–. Ya van a ver. Esta tarde podemos hacer un paseo hasta el lago. Les va a encantar.

Es evidente que mi papá hace desesperados esfuerzos para que todo esto nos guste. Yo intento mostrarme contenta, pero no es fácil. El paisaje es espectacular, sí, pero todo se ve tan minúsculo, tan tremendamente aburrido...

—¿Y la escuela? –pregunté, solo para mostrarme interesada.

—Podemos visitarla si quieren –dijo papá–. Claro que ahora están de vacaciones, pero la directora vive al lado y ya nos invitó a pasar en cualquier momento. El primario está junto al secundario, así que van a poder ir juntos.

—Qué fantástico... –dijo mi hermano en ese tono que ya estaba empezando a fastidiarnos a todos.

Después del almuerzo partimos en bicicleta hacia el lago. Claro que una cosa es partir y otra es llegar. Y no porque sea lejos, sino porque cada dos minutos alguien nos detenía para saludarnos. La cosa empezó a volverse insoportable. Era así: uno subía a la bici, pedaleaba un trecho, digamos unos cincuenta metros, y oía el grito:

—¡Doctor Herrera!

Nos deteníamos. La persona se acercaba alborozada y exclamaba:

—¡Así que llegó su familia! ¡Qué alegría!

Entonces todos bajábamos de la bici. Seguía una ronda de besos e intercambio de comentarios sobre temas tan interesantes como: la extensión del viaje, si estábamos muy cansados, nuestros nombres, si el lugar nos gustaba, si estábamos cómodos en la casa, si necesitábamos algo. Las respuestas variaban poco: largo, más de un día; sí un poco cansados, Mara y Leonardo, el lugar es hermoso, estamos muy cómodos, no, gracias. Al final estaba tan mareada que a uno le dije que me llamaba Moro y cuando preguntó si estaba cansada respondí que no, gracias.

Llegamos al lago agotados.

—¿La gente acá es siempre tan... amable? –preguntó mamá mientras se sentaba a la sombra de un árbol.

—Solo al principio –la consoló mi padre–. Hasta que los conozcan. Después se limitan a saludar. Esto es distinto, hay que acostumbrarse. En la ciudad uno camina sin mirar a nadie, sin pensar quién es el tipo que respira junto a tu oreja en el ómnibus. Acá la gente se conoce desde que nació. Entonces se saludan, se interesan por el otro, se ayudan. Es otra forma de vida.

—Qué emocionante... –dijo burlón mi hermano en la orilla del lago–. Son tan increíblemente amables que saludan hasta a las piedras. Así caminan: ¡Buenas tardes, señora piedra!, qué día magnífico, ¡le ha salido a usted una peca gris! Sí, señor piedra, hay un poco de viento, pero no corre el riesgo de volarse. Hoy la veo un poco tiesa, señora piedra, le convendría hacer gimnasia, ¿cómo andan sus piedritas?

No vino mal reírnos un poco. Después Leo se fue a caminar solo, dijo que iba a buscar algún lugar donde no hubiera nadie para saludar. Yo me senté en la orilla del lago y me saqué las sandalias. El agua estaba helada, pero al cabo de unos minutos el pie dejaba de sentir el frío, como si estuviera anestesiado. Era agradable el contraste entre el cuerpo caliente por el sol y el pie helado. Empecé a tirar piedritas al lago. Desde atrás, me llegaban las voces de mis padres, que hablaban sentados bajo el árbol.

—Está furioso... –decía papá.

—Ya se le va a pasar –lo tranquilizó mamá–. Cuando se haga amigos va a cambiar de actitud. A Mara, en cambio, la veo rara. Está muy callada.

Callada. Sí, yo había estado callada. En realidad, todo este cambio me gustaba tan poco como a Leonardo, pero a fin de cuentas me había resultado oportuno. Fue una manera de escaparme de la escuela después de lo que había pasado con Diego. Diego: de solo pensar en él me volvió a dar bronca. Agarré una piedra pesada y la tiré al medio del lago. Las palabras se me escaparon como una escupida:

—Maldito renacuajo...

—Qué –dijo desde atrás mi mamá–, ¿hay renacuajos?

—No, *ma*, me pareció.

4

Diario del Grupo de Rescate

24 de enero de 2002

Hoy realizamos la segunda reunión del Grupo. El primer punto que abordamos fue el encuentro entre don Alfonso y la comisión designada. Tomó la palabra María Rosa y contó lo siguiente:

Que don Alfonso los había recibido el día anterior en la estancia y les había ofrecido un sabroso té en tazas de porcelana. (Aquí hubo una interrupción de Leticia, que se mostró impresionada por el lujo de la casa. En realidad, aunque técnicamente la estancia pertenece a Las Flores, está algo alejada y recibe pocas visitas. La mayoría de los florenses nunca pasó de la tranquera.) María Rosa siguió diciendo que le habían explicado en detalle cuál era la situación del pueblo. Luego Santiago le recordó a don Alfonso que en el pasado había hablado de asfaltar el camino. Tal vez, agregó, este sería el momento de hacerlo para evitar la muerte de Las Flores.

—Pero encarar una obra así... A mí me quedan pocos años... –dijo don Alfonso.

—Bueno –respondió diplomático Luis–, eso nunca se sabe. Y además, sería su legado...

—¿Mi legado a quién? Ya no va a quedar nadie de mi familia aquí cuando ese camino esté listo. No creo que mis herederos quieran que use mi dinero en una obra que nunca van a ver.

—¿Por qué dice eso? –preguntó Leticia–. Si está su nieto Sebastián, que apenas tiene dieciocho años.

—Se va a ir, como todos –suspiró don Alfonso–. Mis dos hijos se fueron a la ciudad hace años y se llevaron a sus familias. Solo quedó este nieto conmigo, porque le gusta el campo. Pero el año que viene va a ir a la Universidad en la ciudad. Y ya sé que no va a volver.

Sebastián entró desde la sala contigua, donde evidentemente había estado escuchando la conversación.

—Abuelo, no digas eso. Ya te prometí que voy a venir los fines de semana y en las vacaciones. Además, cuando termine la Universidad voy a volver a vivir acá. Si para eso decidí estudiar Agronomía.

—Eso decís ahora, pero no vas a volver. ¿Y saben por qué? –preguntó dirigiéndose a los demás–. Porque acá no tiene novia. Si hubiera alguna chica, tal vez volvería. Pero va a encontrar una en la ciudad y aquí no lo vemos más. Yo sé cómo son esas cosas: sin novia, no hay pueblo que valga.

Se hizo un silencio. Todos pensaban que en realidad tenía razón, pero nadie quería decirlo. Es cierto que la mayoría de los jóvenes del pueblo se van: parten a la ciudad en busca de trabajo, o para seguir estudiando y luego arman allá sus vidas. Desde la distancia, Las Flores se ve más pequeño.

Luis hizo un último esfuerzo:

—Piénselo don Alfonso, al fin y al cabo, este ha sido su pueblo.

Fue lo único que pudieron arrancarle: la promesa de que iba a pensarlo.

—Entonces, nada –suspiró Marta–. No hubo ningún avance.

—Bueno, yo tengo algo para agregar –dijo Leticia, y se arremangó, como hace antes de explicar un ejercicio de matemáticas.

Resultó que cuando salían, ella se había quedado demorada, charlando con Sebastián. Porque ella había sido su profesora en la escuela y lo conocía bastante. Y le preguntó si realmente pensaba volver después de la Universidad.

—Sí, profe –dijo él–. Yo quiero vivir acá. A mí la ciudad no me gusta.

—¿Y ese asunto de las novias?

—¿Qué?

—Digo, ¿no hay ninguna novia en vista?

Dice Leticia que él se puso colorado.

—Bueno, no encontré... A mí no me resulta fácil.

Y eso fue todo. Pero Leticia se quedó pensando que, tal vez, habría que darle un empujoncito.

—¿Un qué? –preguntó Santiago.

—Un empujoncito, ayudarlo un poco. El chico es tímido.

—¿Usted dice que nosotros tenemos que buscarle novia? –se sorprendió Luis.

—Ayudarlo a encontrarla. Si él tuviera novia, tal vez don Alfonso cambiaría de idea. Con tal de salvar el pueblo...

—Sí –la apoyó Marta–, si es por salvar el pueblo...

La propuesta dio lugar a una larga discusión. Algunos decían que era ridículo, ilógico y bochornoso que la Comisión de Rescate anduviera buscándole novia a un chico. Que además eso no garantizaba que don Alfonso pusiera el dinero. Otros argumentaron que no se trataba más que de una "pequeña intervención" para que las "fuerzas de la naturaleza" hicieran lo suyo y unieran a dos jóvenes a los que, tal vez, les costaba acercarse. Y que estando las cosas como estaban y no habiendo otras iniciativas, qué más daba probar esta. Fue finalmente esa la posición que triunfó.

De modo que se decidió lo siguiente: Leticia va a ser la encargada de hablar otra vez con Sebastián, para sonsacarle algunos detalles: qué tipo de chica le gusta, si le interesa alguna en particular... Entre tanto, Marta va a hacer una lista de todas las chicas del pueblo de entre dieciséis y dieciocho, sin novio. Para saber adónde apuntamos. Se fijó una nueva reunión para el día siguiente.

Como último punto, se habló de la fiesta de la Flor. A la gente que no es de aquí siempre le resulta extraño que festejemos a las flores en enero y no en septiembre, que es cuando empieza la primavera. Pero es la fecha en que se fundó este pueblo y siempre pareció una buena idea hacer una fiesta en el verano, cuando supuestamente llegan más turistas. Claro que los turistas ya casi no vienen, pero aquí nadie puede imaginarse un 26 de enero sin fiesta.

Don Luis dijo que la colecta para comprar guirnaldas y vino iba bastante floja. Y que el equipo de música andaba un poco mal, había que revisarlo.

—Tenemos que hacer una buena fiesta este año –insistió–. Finalmente, también es la bienvenida para los Herrera.

—Dicho sea de paso –intervino Marta–, no los

veo muy contentos. Esos chicos se pasan el tiempo encerrados en la casa.

—Ya harán amigos –dijo María Rosa–. La fiesta es una buena oportunidad.

—También para darle el empujoncito al pibe –dijo Santiago, que se había entusiasmado con la idea.

Don Luis trajo la cerveza y brindamos: por una novia para Sebastián.

5

ME pasé los primeros tres días en el pueblo escribiendo cartas. Creo que fue una manera de escapar al acoso de mi padre, que a toda costa quiere que salgamos a "integrarnos" con la gente, una idea que por ahora me revuelve el estómago. Pero la urgencia de las cartas también se debe a que quería pedirles a mis amigas que me respondan lo antes posible. Me muero por saber todo lo que pasa en Buenos Aires, todo lo que me estoy perdiendo encerrada en un pueblo donde nunca sucede nada. Por supuesto que tengo ganas de que alguien me cuente sobre Diego, pero no pregunté. Juré no volver a interesarme en ese cerdo desgraciado.

La caminata hasta el correo fue uno de los primeros paseos que hice sola. Mi casa queda a tres cuadras de lo que aquí llaman "centro": unas cinco o seis calles en las que hay negocios: carnicerías, panaderías, dos tiendas de ropa y el club del pueblo. Y al final, el correo, que también es la farmacia. En este trayecto me detuvieron para saludarme unas doce veces. Mujeres, hombres, chicos... creo que hasta los perros me miraban. Me preguntaban cómo estaba, si necesitaba algo, si quería que me acompañaran a algún lado... hasta hubo una señora que salió de una panadería para ofrecerme de regalo dos medialunas. La última fue la directora de la escuela, a quien había conocido el día que llegamos.

—Contacté con una de las chicas que va a ser compañera tuya el año próximo –me dijo–. En los próximos días va a pasar por tu casa para invitarte a alguna reunión. Así se conocen.

—Bueno –fue todo lo que contesté.

¿Pero qué podía decirle? ¿Que quería que me dejaran en paz? ¿Que estaba triste porque iba a pasar el año nuevo lejos de mis amigas? ¿Que no me interesa nada de nada esa reunión?

Peor todavía, diez minutos después de volver a casa sonó el timbre. Esta vez era Leticia, la mujer con la que habíamos viajado en el ómnibus. Es profesora en el secundario y venía a invitarnos a la fiesta de la Flor. Uno diría que un evento con ese nombre debería suceder en primavera, pero este pueblo no parece funcionar con una lógica normal: aquí las flores son noticia en enero.

—Si la noche está linda lo haremos en la plaza, y si no, en el club –explicó mientras se tomaba el café que le ofreció mi mamá–. Va a haber bebidas, juegos y, por supuesto, el baile.

Esto último lo dijo sonriendo insinuante hacia nosotros, como si nos estuviera ofreciendo el paraíso. Mi hermano la miró con cara de pescado y yo desvié la vista. Mamá intentó disimular lo poco que le entusiasmaba el plan.

—Qué bien –dijo–. Vamos a hacer lo posible por ir.

Pero Leticia no se contentó con esa respuesta.

—Es importante que vengan porque queremos que esta fiesta sea también la bienvenida que les da el pueblo a ustedes. Estamos muy contentos de que estén aquí.

—Ah, si es así, no vamos a faltar –contestó mamá.

Apenas se cerró la puerta mi hermano se puso a gritar que él no pensaba ir, que prefería quedarse viendo la televisión, jugar a las cartas y hasta dormir, pero que ni soñaba con par-

35

ticipar de esa fiesta. Que estaba harto, y más que harto: re-po-dri-do de que los habitantes de Las Flores anduvieran dándonos vueltas alrededor. Como si nosotros fuéramos las flores y ellos las abejas. O tal vez eso último no lo dijo él, sino yo, que también estaba agotada de ese zumbido constante.

—Ya veremos –dijo mamá con un suspiro y se encerró en su habitación.

La propuesta la hice yo durante la cena. Consistía, básicamente, en escapar. Claro que no lo dije de esa manera: qué tal si la noche del 26, sugerí, recorríamos los setenta kilómetros hasta San Marcos. Podríamos cenar en un restaurante y luego dar un paseo por la ciudad, que aún no habíamos visitado. Mi hermano se sumó entusiasmado, y hasta mamá esbozó una sonrisa.

—Sí –dijo–, podemos excusarnos con la gente del pueblo, explicarles que les prometimos a los chicos ir a la ciudad.

Mi padre negó con la cabeza.

—Sería un desaire insoportable para ellos. Piensen que somos el principal evento de esta fiesta: hoy cuatro personas se acercaron a mi consultorio y otras tres me pararon por la calle para recordármela. No podemos faltar.

—Pero al fin y al cabo: ¡qué se cree esta gente! –gritó enojado mi hermano mientras se levantaba de la mesa tan abruptamente que su silla se cayó al piso–. Qué somos, ¿bichos?, ¿artistas de cine?, ¿marcianos?, ¿una banda de *rock and roll*? ¿Por qué no se divierten con otra cosa? ¡Por qué no nos dejan en paz!

Leonardo se había puesto rojo de la furia. Caminó decidido hasta la ventana, la abrió de par en par y asomó la cabeza.

—¡Déjennos en paz! –alcanzó a gritar antes de que mi papá se levantara y la cerrara de un golpe.

—Suficiente, Leonardo. Calmate.

Todos nos quedamos en silencio. Papá intentó serenar el ambiente.

—Es un tiempo nomás –dijo–. Por ahora somos una novedad, los recién llegados. Cuando se hayan acostumbrado a nuestra presencia esto va a pasar. Hay que tener un poco de paciencia.

—Pero ¿por qué tanto interés por nosotros? –pregunté yo–. ¿Acaso nunca vieron una familia de otro lugar?

—Ustedes no entienden –dijo papá–. Este es un pueblo que está muriendo.

—¿Cómo muriendo?

—Sí, se acaba. No hay trabajo y la gente se va a la ciudad. Cada vez son menos: si la tendencia sigue así, en pocos años no habrá más pueblo. Este año desde la capital provincial amenazaron con cerrarles la escuela secundaria, porque no había suficientes alumnos. La directora viajó hasta allá a discutirlo y logró al menos mantenerla un período más. Pero si el número de chicos vuelve a bajar, tal vez el otro año se queden sin secundario. Y así sucede con todo. Las Flores se muere.

—¿Y nosotros qué tenemos que ver? –preguntó mi hermano–. ¿Acaso vamos a resucitarlo?

—Somos los únicos que vinimos cuando todos se van. Ellos querrían que vengan otros, que el pueblo rejuvenezca... Pero por ahora solo estamos nosotros. Y les gustaría que nos quedemos a vivir.

—No habrás aceptado –dijo nervioso Leonardo.

—No, yo voy a cumplir mi palabra. Me comprometí a trabajar aquí un año y eso voy a hacer. Pero, como ya hablamos, voy a seguir en busca de un puesto en Buenos Aires. Tengo confianza en que para cuando cumplamos un año aquí ya tenga algo en vista para volver a la capital.

—¿Prometido? –Leonardo levantó la palma de su mano como para tomarle juramento.

Mi papá se puso de pie y repitió solemnemente el gesto.

—Prometido –dijo–. Tienen mi palabra de honor.

Leonardo sonrió por primera vez en varios días.

—Bueno –dijo–, pero en esa fiesta yo no bailo. Ni lo sueñen.

6

Diario del Grupo de Rescate

25 de enero de 2002

Como primer punto se decidió que la reunión del día fuera breve, ya que faltaba mucho por preparar para la fiesta. Abrió el informe Leticia, quien había tenido una breve charla con Sebastián, el nieto de don Alfonso. Con ese objetivo, había fingido encontrárselo por casualidad en la heladería. Dijo que hasta tuvo que tomar un helado de frutilla y crema para justificar su presencia allí, y eso que estaba a dieta. Finalmente, fue al grano. Contó lo siguiente:

Que le costó mucho que Sebastián aceptara hablar sobre chicas, porque es muy tímido. Que finalmente él le dijo que había tenido una noviecita a los dieciséis, una tal Lucy que era compañera de escuela, pero que eso duró poco porque ella dijo que él ya no le gustaba. Y después nada. Pero que sí, que claro que le gustaría tener novia, solo que no le atraía cualquiera y, además, le costaba encarar a las chicas.

—¿Pero dijo quién le gusta? –interrumpió Marta.

—No, pero logré algunos datos. Por ejemplo: que tiene que ser alguien a quien le gusten los animales, que son su pasión. Que no sea una de esas chicas cabecitas huecas, que solo piensan en vestidos, pero tampoco una tragalibros. Y que tenga sentido del humor.

—Qué bien –aprobó Luis–. ¿Y de la parte física no dijo nada?

—Ah, sí: tiene que ser alta, morocha y flaca.

—¿Alta, morocha y flaca? –protestó María Rosa–. ¡Qué exigente! ¿Quién se cree que es este chico?

—Bueno, eso dijo. Él es altísimo.

Como punto siguiente nos abocamos al análisis de la lista de candidatas que había confeccionado Marta. Ella iba leyendo los nombres y los demás opinábamos.

—El primero es: Silvia, la hija mayor de los Gómez.

—Descártenla –dijo Luis–, está a punto de irse a estudiar a Neuquén.

Marta tachó el nombre y siguió:

—Claudita Spada.

—¿Claudita? Ya era la chica más petisa del grupo cuando fue alumna mía y creo que desde

41

ese momento no creció un centímetro más –dijo Leticia.

La tacharon.

—Eva, la hija del carnicero.

—¿Qué? ¿No saben? –dijo Luis–. Está de novia con Manuel Gálvez desde hace un año. Parece que se van a casar.

Raya negra sobre Eva.

—María Mercedes Abad.

María Rosa se rió.

—Imposible –dijo–. ¿No lo sabías, Marta? Huye de los chicos: dice que va a ser monja.

Tachada.

—Van quedando pocas –dijo preocupada Marta–. A ver: Lucía Paredes. Esta puede ser.

—Pero no –protestó Leticia–. Esa es Lucy, la que ya estuvo de novia con Sebastián. Ella lo dejó.

Otra raya negra.

—Bueno, a ver esta –dijo con un suspiro Marta–: Liliana, la menor de los Rossi.

—Se fue a vivir a la ciudad con el hermano mayor –dijo Horacio–. Yo la ayudé a llevar las cosas con la camioneta.

—Pero si la vi el otro día en el club... –protestó Marta.

—Había venido de visita. Pero no, ya no vive acá. ¿Y por qué no Marcela?

—Está enamorada –dijo Leticia en un susurro–.

No debería decirlo, porque es un secreto, pero no la incluyas.

—Solo quedan dos –aclaró Marta–. Esperemos que alguna sirva. Veamos: Lisa Cano.

—¿Lisa? –Leticia sonrió–. Es todo lo contrario de lo que buscamos: baja, rubia, gordita... Y no le hables de los perros: le producen terror.

Marta volvió a tachar. Pero entonces sonrió.

—Es la última, pero estoy segura de que esta sirve. Alta, morocha, simpática. La veo a menudo porque viene a mi tienda. Es perfecta.

—Pero quién es, decí quién –se impacientó Luis.

—Ana Chávez.

Santiago, el carpintero, se levantó abruptamente de su silla.

—De ninguna manera –dijo.

—¿Cómo?

—Que no, Ana no. Ni se les ocurra.

—¿Por qué?

—Hace dos meses que mi nieto está intentando conquistarla. Le ha hecho regalos, ha gastado dinero... Y por primera vez la semana pasada ella aceptó ir a pasear con él. Así que no van a darle ''empujoncitos'' con nadie, ¿me entienden?

Marta lanzó un pesado suspiro y tachó el último nombre.

—No nos queda nadie.

—Pero tiene que haber más chicas... –dijo Luis.

—El resto o tiene novio o ya se fue –le contestó Marta–. Esto es todo.

—¿Y la nueva? –preguntó Leticia.

—¿Qué nueva?

—La hija del médico.

—¿Mara? Pero es muy chica –objetó María Rosa–. Tiene apenas catorce.

—Parece mayor –insistió Leticia–. Viniendo de Buenos Aires, es muy desenvuelta. Y es alta, morocha, linda...

—No va a funcionar. Se van a quedar poco tiempo... –dijo Luis.

—Eso no lo sabemos.

—A ella, él no le va a gustar –opinó Horacio.

Leticia dio un golpe en la mesa.

—A ver si ponemos un poco de buena voluntad, señores. ¿Queremos o no queremos una novia para Sebastián? ¿Es muy difícil tener una actitud positiva?

Todos se callaron, avergonzados.

—La profesora tiene razón –dijo Santiago, que seguía preocupado por la futura novia de su nieto–. La hija del médico es una buena candidata para nuestro muchacho.

Todos asintieron y se decidió lo siguiente: Leticia, María Rosa y Luis se iban a quedar a pensar algunas estrategias para lograr que Sebastián y Mara se conocieran en la fiesta. El resto se iba a dedicar a los preparativos.

Luego se disolvió la reunión. No, me olvidaba, antes trajeron la cerveza y brindamos: por que este año recién comenzado nos trajera paz, prosperidad, salud, una novia y el asfalto.

7

Pensé que sería horrible, pero a fin de cuentas la fiesta de la Flor no estuvo tan mal. Comimos en casa un pollo con demasiado condimento que papá preparó en la parrilla y después fuimos caminando hacia la plaza. Mi hermano arrastraba los pies y tenía cara de alguien que va al dentista para que le saquen una muela.

En el centro estaba el pueblo entero: habría, por lo menos, unas trescientas personas y todas parecían haberse puesto lo mejor de sus guardarropas. Además, se habían tomado un trabajo considerable. La decoración incluía guirnaldas, faroles de colores y hasta cables de luces que rodeaban los árboles. Claro que si uno miraba de cerca, todo tenía un aspecto un poco viejo y decadente, pero la imagen general era buena. Y ellos, los florenses, se veían felices. Inexplicablemente felices. Nadie hubiese dicho esa noche que era un pueblo moribundo en medio de un país en crisis. Tal vez, dijo mi papá, era el efecto del vino con frutas, que circulaba en abundancia.

Habían preparado una serie de juegos para los jóvenes. Un poco idiotas, en verdad. El primero se trataba de nombrar la mayor cantidad de animales posible en apenas treinta segundos, sin repetir. Ganó un chico alto que parecía conocer todos los animales del mundo, algunos de nombres tan extraños que nadie los había oído nombrar.

El siguiente juego lo anunció Leticia, la profesora: había que adivinar la cantidad de fósforos que contenía una caja que iba pasando de mano en mano. Nadie podía abrirla: solo sopesarla entre las manos y decir un número, que Luis, el intendente, anotaba en su hoja. También sonaba un poco bobo, pero esta vez participé. Dije 134.

El premio de los dos juegos era el mismo: toda la torta que uno quisiera comer en la casa de comidas de una tal Ángeles. Alguien me señaló a Ángeles, una mujer muy flaca y pálida, con cara de zozobra permanente. Era la dueña de un lugar al que aquí llaman un poco presuntuosamente hostería El Lago, porque al parecer alguna vez tuvo habitaciones para turistas. Ahora es apenas una casa que vende comidas. Pero no me cabe duda de que las tortas deben ser buenas, ya que todo el mundo se mostraba muy interesado en ganar. El que triunfara, aclararon, tenía que compartir el festín con Sebastián, porque así se llamaba el chico alto que había ganado el juego anterior.

Al fin el intendente tomó el micrófono y con ayuda de Leticia empezó a contar los fósforos. El pueblo entero le hizo coro:

—Uno... dos... tres... cuatro...

Siguió rápidamente hasta que ya casi no quedaban fósforos en la caja. Entonces los empezó a sacar muy despacio, para crear emoción:

—Los últimos: 130... 131... 132...

Mi hermano me apretó la mano sin darse cuenta. La cuenta seguía:

—133... 134... y... ¡135!

Entonces sucedió algo extraño. El intendente y la profesora me miraron y ella gritó:

—¡Ganaste!

—¿Yo?

—Sí, dijiste 135.

—No –les aclaré–, yo dije 134.

—¿Cómo?

Los dos se pusieron a buscar frenéticamente el dato en la lista, justo en el momento en que un chico se acercó y gritó que era él quien había ganado, que su número era el 135. Luis y Leticia pusieron cara de velorio. Tras cotejar los números, ella se acercó al micrófono y como si fuera a anunciar una terrible catástrofe dijo:

—Entonces son Sebastián y Francisco quienes ganaron y van a comerse las tortas. Un aplauso.

Pensé que el tal Francisco debía de caerles muy mal para deprimirse así con su triunfo.

Al rato vi que la banda de las chaquetas verdes acomodaba sus instrumentos en un escenario improvisado. Luis volvió a tomar el micrófono y dijo que antes de que comenzara el baile quería anunciar que había una nueva familia en el pueblo.

—Oh, no –susurró a mi lado Leonardo y a mí me empezó a doler el estómago.

Pidió entonces que nos acercáramos, nos nombró uno por uno, y todo el mundo aplaudió un rato. Mi hermano miraba a todos con cara de asesino de serial y yo creo que me puse colorada.

Por suerte, duró poco. La banda arrancó y algunas parejas salieron a la pista. Yo estaba mirándolas distraída cuando noté la presencia del intendente a mi lado.

—¿Puedo bailar con vos? –preguntó–. Es una tradición del pueblo... sacar a los recién llegados para la primera pieza.

Quise resistirme, pero vi la cara de mi mamá y supe que no había escapatoria. También a ella y a mi padre los habían invitado a bailar. Leonardo, en cambio, había huido justo a tiempo. Pero en verdad no fue grave porque el asunto resultó muy breve. Habíamos dado unas pocas vueltas cuando la música se detuvo y alguien gritó:

—¡Cambio!

—Otra tradición –me susurró el intendente y sin más debimos cambiar con la pareja que estaba al lado. Justamente era su mujer, la directora de la escuela, que tenía por acompañante al chico alto que había ganado el juego de los animales. Me tomó de la cintura, pero enseguida supe que era un castigo bailando: en tres minutos me pisó dos veces.

—Disculpame –dijo la segunda vez–. Es que no sé bailar. Yo no bailo nunca.

—¿Y por qué saliste? –le pregunté.

—No salí, me sacó la directora y no pude negarme.

—Yo tampoco tenía ganas –le confesé–. Si querés, lo dejamos.

—Bueno –sonrió y cada uno se fue por su lado.

No sé si será imaginación mía, pero cuando dejé de bailar tuve la sensación de que todo el mundo me miraba. Es decir, ya antes la gente nos observaba porque somos los nuevos del pueblo, pero ahora era algo especial: todos clavaban sus ojos en mí, como si fuera una extraterrestre recién bajada de su nave. Estaba pensando en irme cuando dos chicas se me acercaron. Dijeron que iban a ser compañeras mías en la escuela y querían presentarse. Una se llamaba Lisa, era rubia, un poco petisa y no paraba de hacer chistes. La otra, Marcela, tenía el pelo rojo y muchas pecas en la cara. Me cayeron bien.

—Salgamos de acá –dijo Lisa–, te miran demasiado.

Me agarró del brazo y empezamos a caminar por el centro. Entonces Marcela me preguntó si me gustaban las historias.

—¿Qué historias?

—Las historias del pueblo, los chismes.

—Claro –dije y fue como la señal de largada. Hablaron sin parar durante horas. Esa noche me enteré de cosas muy interesantes. Por ejemplo de que Luis, el intendente, había estado en su juventud de novio con Marta, la dueña de un negocio de ropa. Pero luego se había casado con María Rosa, la directora. Y por eso las dos se odiaban, aunque fingían ser amigas. También supe que Ángeles, la que hacía las tortas, había estado perdidamente enamorada de un tal Ricardo, que trabajaba en el astillero. Un día él se fue a otro pueblo en busca de un mejor puesto: le juró amor eterno y le pidió que lo esperara. Pero nunca volvió y desde entonces ella se dedicó a escribir poemas y cocinar tortas. Hasta me hablaron de Sebastián, el chico alto con el que yo había bailado brevemente: era el nieto del único hombre rico de la zona, un viejo que ya casi nunca salía de su estancia. Tímido como ninguno, dijo Marcela, ni se atreve a dirigirle la palabra a una chica. A ella le parece un poco lindo, pero yo coincidí con Lisa: demasiado alto y con cara de pájaro. Y hubo decenas de historias más. Me reí mucho y hasta tomé un poco de vino con frutas. Cuando volví a casa caí rendida en la cama y dormí como nunca desde la partida de Buenos Aires.

8

Diario del Grupo de Rescate

28 de enero de 2002

Había que admitirlo, dijo Luis apenas estuvimos todos sentados, la estrategia había sido un fracaso. Nadie le respondió, pero ni falta hizo: la reunión había empezado con caras largas y un clima de derrota enturbiaba el ambiente.

—¿Alguien me puede explicar qué pasó con el asunto de los fósforos? –preguntó Marta.

—Un error –dijo Leticia sacudiendo la cabeza–. Un error lo tiene cualquiera. Además, la situación no era fácil: porque yo estaba en el galpón cuando vino don Santiago a soplarme el número que había dicho la chica y...

—Yo se lo dije claramente –interrumpió Santiago–. Le dije 134.

—Bueno, no importa de quién fue el error –siguió Leticia nerviosa–. Yo tenía que poner los 134 fósforos rápidamente en la caja que íbamos a cambiar por la otra y... supongo que me equivoqué.

—Y después –resopló Marta—, el baile. ¿Qué pasó?

—Eso salió perfectamente –se defendió Luis–, una sincronización exacta.

Se puso de pie y empezó a mostrar cómo habían actuado.

—Lo habíamos practicado con María Rosa. Ella venía con el chico desde aquella punta y yo con Mara desde aquí. Entonces dábamos tres vueltas, yo levantaba apenas la mano, así ¿ven?, y ante esa señal la orquesta paraba y ordenaba el cambio. Salió perfecto, mejor imposible. Yo puse a la chica en brazos de Sebastián. Lo que pasó después... eso ya no es mi culpa.

—Ni cinco minutos bailaron –se quejó Horacio–. Era evidente que eso no iba a andar.

—Tal vez los forzamos demasiado –intervino Leticia–. Hay que considerar que son chicos. Probablemente les dio vergüenza bailar frente a todos los adultos. Yo tengo otra idea para acercarlos. Se me ocurrió que...

Marta la interrumpió. Era evidente que ese día la amargura la había ganado.

—¿Para qué? Ni siquiera las trampas nos salen a nosotros.

María Rosa saltó indignada.

—Esto no es una trampa. De ninguna manera

54

voy a aceptar que digas eso. Esto es un intento por salvar Las Flores. Y yo estoy orgullosa de hacerlo.

—Por supuesto –la apoyó Luis–. Todos sabemos que si no fuera porque tenemos un loable objetivo, nunca hubiéramos cambiado los resultados del juego... –carraspeó–. Y creo que esta es una buena oportunidad para que todos nos comprometamos a mantener silencio sobre este asunto, que otra gente podría no entender.

—Esto merece un juramento –dijo solemne Santiago.

—Y una bebida –agregó Horacio.

Entonces alguien fue en busca de la cerveza y sellamos la promesa con un trago.

Fue justamente Horacio el que nos sorprendió esa noche. Cuando todos vaciaban sus copas dijo que había estado pensando en nuestros objetivos. En qué pasaría si teníamos suerte, si todo nos salía bien y conseguíamos que el gobierno o don Alfonso pagaran el asfalto.

—Pero es obvio, hombre –le contestó Santiago–. Vendrán los turistas.

—¿Y por qué van a venir?

—¿Cómo por qué? –dijo riendo María Rosa–. Porque este es un lugar hermoso.

—¿Y qué les ofrecemos? –insistió Horacio.

—Les ofrecemos el lago, las montañas, el aire puro, las flores... la belleza –dijo Marta.

—La Patagonia argentina está llena de lagos, montañas, aire puro y flores. Sobra la belleza –replicó seco Horacio–. ¿Pero por qué recorrerían setenta kilómetros para venir aquí? Antes teníamos al menos una hostería, comidas regionales... Pero ahora, ¿qué les ofrecemos?

Se hizo silencio. Un silencio asfixiante como el polvo que a esa hora se levantaba en las calles.

—Eso digo –siguió Horacio–. No tenemos nada para ofrecer. Tenemos que pensar en algo. Necesitamos ideas. Y no hace falta esperar el asfalto para ponerlas en marcha.

Hubo un murmullo generalizado de aprobación. Luis aprovechó e hizo un pequeño discurso sobre lo oportuna que resultaba la intervención de Horacio para mencionar que mucha gente había dejado caer la imagen de sus casas o negocios. Y que claro que con la crisis las cosas estaban difíciles, pero no era cuestión de espantar a los turistas. Se hizo otro silencio. Entonces nos comprometimos solemnemente a pensar ideas para el próximo encuentro.

Antes de levantar la reunión, Leticia volvió sobre el asunto de Sebastián y Mara. Explicó que en pocos días vendría al pueblo un grupo de teatro itinerante que ahora estaba en San Marcos y daría una función en el club.

—Yo estoy a cargo de la organización –agregó–. Pensé que, si todos están de acuerdo, podría intentar que... un poco casualmente Mara y Sebastián se sienten cerca. Tal vez esta vez sí conversen.

Se aprobó sin más discusión. Para terminar, se abrió otra botella de cerveza y brindamos: por las buenas ideas y por que de una vez por todas esos dos chicos empezaran a gustarse.

9

No sé si será el aburrimiento o que estamos volviéndonos un poco florenses, pero a todos nos dio por ir a la obra de teatro que presentaron en el club. En Buenos Aires, cada fin de semana había decenas de obras en cartel y nosotros jamás íbamos al teatro. Y aquí, en cambio, nos sumamos al entusiasmo general porque un pequeño grupo itinerante hacía su presentación en la noche del jueves. Todos menos Leo, claro, que nos observó partir hacia la función con su agotadora sonrisa irónica y dijo con suficiencia:

—Que se diviertan. Debe de ser un gran espectáculo.

A estas alturas, creo que lo que le pasa a mi hermano es básicamente que se enamoró de su cinismo y no lo puede abandonar. Pero aunque nunca lo va a reconocer, me parece que algo en él está cambiando. El lunes pasado un grupo de chicos lo invitó a jugar al fútbol. Volvió diciendo que la cancha era pésima, la pelota no servía y había dos o tres que se creían Maradona pero eran todos de madera. Al día siguiente, sin embargo, fue otra vez. De modo que tan malo no debió de ser.

En cuanto a la obra, tengo que admitir que efectivamente no era un gran espectáculo, pero aun así resultó divertido. Llegamos pocos minutos antes de que empezara la función. La mayoría de la gente ya se había situado y quedaban pocos lugares libres. Leticia nos separó de entrada: dijo que los adultos iban por un lado y los jóvenes por otro. De modo que dejó a mis padres en manos de Rosaura, una maestra que la ayudaba a ubicar al público, y me acompañó a mí a buscar una silla. Yo vi varias vacías, y como ya estaban apagando las luces, intenté sentarme en alguna de ellas. Pero Leticia reaccionó de una forma extraña.

—¡No! –gritó deteniéndome del brazo con demasiada fuerza–. ¡Acá no! –varias personas se dieron vuelta para mirarla. Entonces bajó la voz–. Es que quedó libre un lugar muy bien ubicado. Está en la segunda fila.

No entendí por qué había reservado un sitio tan especial para mí, pero no era momento de preguntar. Cuando finalmente estuve sentada me di cuenta de que tenía al lado al chico alto del baile. Otra vez. Yo ni siquiera recordaba el nombre. Se había cortado el pelo muy corto y lo vi aún más feo que la vez anterior.

—Parece que nos encontramos en todas partes –me dijo y sonrió, lo que le dio un aspecto raro, porque tiene los dientes demasiado grandes.

—Sí, qué casualidad... –empecé a decir, pero me distrajo un grito a mi espalda.

—¡¡Mara!!

Me di vuelta. Dos filas más atrás estaban Marcela y Lisa. La gente chistó para que se callaran, porque estaba empezando la obra, pero Marcela lo ignoró.

—Vení con nosotras –volvió a gritar–. Mandamos uno para allá y te hacemos lugar.

Empujó a un chico que estaba sentado junto a ella, que se levantó y empezó a moverse con dificultad hacia mí; yo lo imité. Mucha gente nos gritó que nos sentáramos y nos calláramos de una buena vez, pero de todas formas hicimos el cambio. Estuvo bien, porque sin duda lo pasé mejor con Marcela y Lisa que con el larguirucho ese.

La obra, un poco aburrida, resultó ser una buena oportunidad para ponerme al tanto de la información más importante sobre quienes iban a ser mis compañeros de escuela, que parecían estar todos allí. Por ejemplo, me enteré de que Carmen, una de trenzas y anteojos, siempre se saca diez en las pruebas y tiene siete hermanos varones que la cuidan como si fuera de porcelana. O que Martín y Mercedes se pusieron de novios hace un mes y parece que desde entonces no se sueltan la mano. Y que a Rodolfo, uno petiso con cara cuadrada, lo encontraron ya dos veces fumando en la escuela.

Hubiera querido que me contaran algo de un chico de pelo ondulado y unos ojos verdes increíbles que estaba una fila más atrás. Pero no pregunté. Porque en cualquier caso, tengo decidido no tener nada que ver con ningún chico por ahora. Dos veces por idiota a mí no me toman.

En la tarde había recibido carta de Buenos Aires. Mi amiga Estela me contó que la relación entre Magda y Diego está otra vez entre paréntesis, porque ahora ella no sabe si quiere seguir con él. Al leerlo, sola en mi habitación, solté una carcajada. Ojalá que lo pase muy mal, horriblemente mal, pensé. Por cretino. Igual, no fue un gran consuelo. Que él sea un cretino infeliz no significa que yo no sea una idiota. Si no, cómo pude creerme que después de seis meses de peleas y reconciliaciones con Magda, de un día para el otro, mágicamente, había empezado a gustarle yo. Cómo pude pensar que en verdad quería que fuéramos novios si hasta ese momento nunca me había mirado. Cómo no me di cuenta de que apenas lograra su objetivo, apenas ella, celosa, quisiera recuperarlo, me iba a dejar plantada con una excusa cualquiera. Me pregunto cómo se puede ser tan estúpida.

Por eso, dos veces no me agarran. Oí que al de los ojos verdes le dicen Rulos. Un sobrenombre idiota.

10

Diario del Grupo de Rescate

1 de febrero de 2002

Mejor empezar por las buenas noticias, dijo Luis apenas entró y nadie preguntó cuáles eran las malas. Creo que ya todos las sabíamos. En cualquier caso, las buenas demandaron bastante tiempo, porque se trataba de la reunión que había mantenido en el gobierno provincial. Había ido hasta la capital, nos dijo, a anunciar que Las Flores tenía un plan para asfaltar el camino y lanzarse como novedad turística para la próxima temporada. Varios levantaron las cejas.

—¿Tenemos qué cosa? –preguntó Horacio.

—Bueno, ya se sabe que conviene exagerar un poco si uno quiere obtener resultados.

Y eso decía él que había traído: resultados. Porque le habían prometido que, si Las Flores obtenía la donación que Luis anticipaba, entonces el gobierno se haría cargo de la planificación y los trabajos del asfalto. Que en menos de dos meses el camino podría estar listo. Lo dijo y esbozó una orgullosa sonrisa.

—Perdón –interrumpió Marta–. ¿De qué donación estamos hablando?

—De la que va a hacer don Alfonso.

—Que yo sepa, don Alfonso no nos prometió ninguna donación. Es más, ni siquiera logramos que lo considerara seriamente –Marta se iba poniendo cada vez más nerviosa–. Lo único que tenemos hasta ahora es un plan para conseguirle novia a su nieto y en este punto no estamos seguros de que él haya notado que ella existe. Gran avance.

Luis suspiró.

—Marta, con ese espíritu derrotista no vamos a ningún lado.

—¿Derrotista? –Marta se levantó y pensé que iba a darle un sopapo a Luis o tal vez a irse con un portazo, pero no hizo nada de eso. Volvió a sentarse y se quedó muda.

Hay que admitir que el optimismo de Luis era un poco exagerado. Porque no se quedó ahí: también explicó que al gobierno provincial le habían interesado mucho los planes para el despegue turístico de Las Flores y, aunque no podíamos contar con un aporte de dinero, prometía todo su apoyo. Incluso –y cuando anunció esto se puso de pie para dar énfasis a sus palabras– incorporar al pueblo en las campañas turísticas provinciales.

—Qué interesante –dijo cauto, Horacio–. Lo que no me queda claro es cuáles son nuestros planes de despegue turístico.

—Los que estamos elaborando. Vamos, señores –se impacientó Luis–. Hay que mostrar energía. No está mal prometer un poco de más: todos los políticos lo hacen. Ahora pensemos cómo lo concretamos.

Se abrió entonces el debate sobre nuestros planes turísticos, a partir de las propuestas que habíamos traído. Casi tres horas se nos fueron en el análisis y discusión de los proyectos, tres horas en las que hubo desde fructíferos intercambios de ideas hasta peleas horribles que por poco llegan a las trompadas. Obviando esos penosos incidentes, estoy en condiciones de hacer un resumen de las propuestas en las que finalmente nos pusimos de acuerdo:

1) *Hospedaje.* Si bien nuestros planes se orientan más bien a turistas que pasen el día en el pueblo, acordamos que debía haber por lo menos dos lugares donde pasar la noche. Aquí todos me miraron a mí porque mi casa fue en un tiempo hostería, pero como venían tan pocos terminé convirtiéndola solo en confitería. Convinimos que habría un proceso de arreglo y decoración y luego vendría la reapertura de las cua-

tro habitaciones. La idea es sugerirles a los Torres, que tienen su enorme casa vacía tras la partida de los hijos, que hagan lo mismo.

2) *Deportes*. Este fue uno de los puntos más agotadores, porque hubo una cantidad increíble de propuestas ridículas, desde cazar pajaritos a organizar campeonatos de ajedrez en la plaza. Finalmente acordamos que en invierno hay que aprovechar la nieve en el cerro. Santiago se ocupará de fabricar trineos para que los chicos se deslicen por la ladera. Al menos seis. También se habló de organizar cabalgatas, pero está por verse de dónde sacamos los caballos, ya que el único disponible es el matungo de don Felipe, que cada tres pasos se para a descansar.

Para el verano hay más opciones. Paseos en bote por el lago y excursiones de pesca. De esto se ocuparía Horacio. También habrá caminatas guiadas por la ladera sur del cerro, la más difícil de subir. Esto es algo que yo no logro entender: ¿cuál es el sentido de trepar durante horas, toparse con unos bichos asquerosos y terminar todo rasguñado? Bueno, al parecer esto es lo que ahora se llama "turismo aventura" y está *muy* de moda, según me aclaró María Rosa. Lo apodaríamos: "caminata ecológica con ascensión al cerro y avistaje de fauna local".

3) *Actividades culturales*. Es *imprescindible*, así lo dijimos, tener una feria artesanal. A los tu-

ristas les fascina y siempre compran algo. De modo que a partir de esta semana el pueblo entero deberá ponerse a fabricar alguna cosa linda y barata. Ya hay tres rubros comprometidos: las casitas de madera de Santiago, las muñecas de trapo de Marta y mis dulces caseros. Tuvimos que disuadir a Horacio de la idea de fabricar unas arañas de goma con pelos, que son francamente repugnantes.

4) *Las promociones*. Esta fue una idea de María Rosa. Dijo que para atraer turistas hay que generar eventos. Marta sugirió una Semana del Té Galés, pero le explicamos que si no hay en el pueblo ningún galés, si nadie tiene parientes galeses, si no tenemos ni idea de cómo se hacen las tortas galesas, mejor pensar en otra cosa. Ya dimos con dos ideas: aprovechando que tenemos algunos de los jardines más lindos de la Patagonia, en primavera vamos a lanzar un concurso que se llamará "Flores en Las Flores". Los turistas van a poder votar al mejor jardín y llevarse flores de regalo. En invierno, el concurso será de muñecos de nieve. Aquí aprovecharíamos las habilidades de Santiago, que hace unas esculturas fabulosas.

5) *Financiación*. Todo esto está muy lindo, dijo en un momento Marta, ¿pero cómo se paga? Bueno, en primer lugar todos acordamos estirar al máximo los recursos propios. Claro que

eso no alcanza. Luis dijo que podrá sacar algo de las arcas municipales, pero tampoco así será suficiente. El trueque, fue la respuesta. Horacio explicó que con la crisis surgieron en las ciudades cantidades de clubes de trueque. Podríamos intercambiar algunos productos propios (verduras de las huertas, dulces, artesanías) por materiales de construcción y pinturas.

6) *La publicidad*. Fue Leticia la que lo dijo: vamos a tener unas actividades maravillosas y nadie se va a enterar. La publicidad, concluimos, es esencial. Y no alcanza con informar a las agencias de turismo. Se decidió que vamos a mandar grupos de adolescentes a San Marcos y otras ciudades cercanas a repartir volantes a los turistas.

Llegado este punto, todos estaban cansados y querían irse. Horacio ya se había parado para ir a buscar la cerveza del brindis, cuando Luis dijo que no, que faltaba hablar de las malas noticias. Marta le contestó que no valía la pena, porque ya todo el mundo conocía el último fracaso de nuestras estrategias.

—Sí –aceptó Luis–; pese a que con grandes esfuerzos Leticia logró que se sentaran juntos para la función, la chica se cambió de lugar enseguida. Hay que decidir qué rumbo tomamos con este asunto.

Eso dio lugar a una nueva división en bandos. Estaban los que proponían olvidar definitivamente la idea del noviazgo y, en cambio, volver a visitar a don Alfonso, ahora con una detallada explicación de nuestros proyectos turísticos. O sea, intentar entusiasmarlo para que pusiera el dinero. El otro grupo, capitaneado por Leticia, insistía en probar un poco más, en generar una última oportunidad para que algo surgiera entre los chicos. La discusión entró en terrenos difíciles.

—El amor no puede forzarse –le dio por decir a Marta–. Si hasta ahora no pasó nada, es que no existe entre ellos la semilla de la pasión. Hay gente que, sencillamente, es incapaz de amar.

Y aquí echó unas miradas sugerentes a su alrededor que pusieron a algunos incómodos. Luis cambió de tema.

—Insisto en que olvidemos este asunto. Pasemos en limpio nuestros nuevos proyectos y vayamos a visitar a don Alfonso.

—Si no avanzamos con Sebastián, el viejo no va a aceptar –le contestó Leticia.

Al fin, se llegó a una solución salomónica: Leticia haría un nuevo intento de acercamiento y al mismo tiempo una comisión iría a visitar a don Alfonso.

Por último, ya agotados, brindamos: por que consigamos la plata para el asfalto, por que surja el amor de una buena vez y por que las reuniones sean en el futuro más cortas.

11

Un perro. Esa es la última estrategia de papá para lograr que mi hermano mejore su humor: que tenga un perro. Durante mucho tiempo, Leo pidió, o mejor dicho, rogó por un perro en cada cumpleaños y cada vez se lo negaron. Pero acá es distinto, dicen mis padres. Acá tenemos jardín, hay mucho espacio, y además ningún perro se pierde. No tienen adónde ir.

En verdad, no se les ocurrió realmente a ellos. Fue Leticia, la profesora, la que les dio la idea: le contó a papá que su perra había tenido tres cachorros y los estaba ofreciendo. Creo que en otro momento ellos hubieran dudado más. Se hubieran hecho preguntas como esta: ¿qué va a pasar con el perro cuando volvamos a Buenos Aires el año próximo? Pero me parece que ahora piensan menos en el futuro. O tal vez supongan que vamos a estar aquí mucho tiempo. Sea como sea, aceptamos uno de los cachorros de Leticia. Hay que esperar a que deje de ser amamantado para poder traerlo a casa, pero ayer hubo un anticipo: lo tuvimos de visita. Y acompañado por toda su familia.

Todo fue porque Leticia va todos los martes a San Marcos a dar unas clases de piano. Esta vez se tenía que quedar a dormir allá, pero no quería dejar a los perros solos por la noche. Entonces nos pidió que los albergáramos. Así los íbamos conociendo, dijo, y podíamos elegir tranquilos cuál de los tres cachorros preferíamos. Si algo sucedía, agregó, podíamos llamar a Sebastián, el chico alto de la estancia. Es que en el pueblo no hay veterinario y él sabe tratar mejor que nadie a los animales.

Por suerte dejó ese teléfono. Si no, no sé qué hubiéramos hecho cuando a la noche los tres cachorros se pusieron a gemir a coro. Era desesperante: daban ganas de llorar con ellos. Sebastián llegó media hora después de que lo llamáramos y rápidamente dio su veredicto: tenían hambre, dijo. Al parecer había problemas con la leche de la madre.

—Es extraño que Leticia no les haya dejado algún alimento –comentó–, porque ya ayer había sucedido algo similar.

71

Por suerte, consiguió enseguida unas mamaderas. De modo que cada uno tomó un cachorro en brazos y, como si fueran bebés, les dimos la leche. Fue divertido. Tengo que reconocer que Sebastián no es tan rematadamente idiota como yo pensaba: resultó ser eficaz para resolver el problema. Pero lo suyo, claramente, no es la conversación. Creo que en toda la noche no soltó más de cincuenta palabras. Además, cada vez que yo le pregunto algo sobre él, se pone colorado. Es raro de ver: como un fuego que le sube desde el cuello y va transformando rápidamente el color de su piel. A mí me da vergüenza por él y tengo que desviar la mirada. De modo que la charla no fue fácil. Al fin yo, cansada, me fui a dormir. Él se quedó todavía un poco más con mi hermano, hablando de perros. Dice Leo que le cayó bien. Creo que mejor que a mí.

12

Diario del Grupo de Rescate

7 de febrero de 2002

Yo noté que algo sucedía cuando entraron. Los dos, Luis y María Rosa, se veían raros. Él estaba demasiado serio y ella evitaba las miradas. Empezamos hablando sobre la reunión que habían mantenido con don Alfonso. Le habían llevado, explicó Luis, una carpeta con una minuciosa descripción de nuestros planes turísticos y el proyecto para asfaltar el camino. También le hablaron en detalle sobre el apoyo ofrecido por el gobierno provincial. Don Alfonso se mostró sumamente interesado.

—Vayamos al grano –interrumpió de pronto María Rosa mirando a su marido–. Voy a decirlo: metí la pata.

Nos sorprendió. Pero era cierto, no hay mejor descripción para lo que hizo: metió la pata. Sucedió que cuando le insistieron a don Alfonso con el asunto de la donación, él volvió con eso de que sus hijos no estarían de acuerdo, que todos se habían ido, que pronto no habría nadie de su familia en el lugar.

—Si ellos vivieran aquí –dijo–, yo no dudaría. Sería un aporte para el desarrollo del pueblo de mis nietos y biznietos. Pero así...

—Piense en Sebastián –le contestó María Rosa–, él se va a quedar.

—No –rechazó el viejo–. Acá no tiene novia: es que hay muy pocas chicas en este pueblo. Seguro que va a encontrar una en la ciudad y ya no lo veremos.

—No esté tan seguro –insistió ella–. Yo diría que va a elegir una de acá.

Don Alfonso pareció interesado.

—¿Se refiere a alguna en especial? ¿Usted sabe algo que yo no sé?

—Bueno, siendo directora de la escuela una oye cosas...

—¿Cosas? –don Alfonso se puso los anteojos y la escudriñó–. ¿Qué cosas?

—Bueno... –María Rosa no sabía cómo salir del aprieto–, hay conversaciones, datos...

—O sea que al fin hay una chica –el viejo sonreía–. Dígame, ¿quién es?

—No, no puedo decirlo. Además es prematuro...

—Vamos –presionó él–, yo no voy a decir nada. ¿Quién es?

María Rosa reconoce que respondió mal. Que debería haber dicho alguna frase vaga, dudosa. Pero la insistencia del hombre la había puesto nerviosa y lo soltó:

—La hija del médico.

La cara de don Alfonso se iluminó.

—¿La hija del médico nuevo? Esa sí que es una noticia. Me da mucho gusto, porque justamente la semana pasada vino a verme el médico por mi cadera, y me dio muy buena impresión. Un hombre culto, muy formado... –su sonrisa se ampliaba a cada instante–. Así que la hija del médico...

Don Alfonso se levantó y volvió a tomar la carpeta entre sus manos.

—Esto cambia mucho las cosas –dijo mientras pasaba las hojas–. A mí me gustaría tanto que Sebastián se instalase aquí, que formase su familia en esta casa, como hice yo... Voy a pensar muy seriamente en lo del asfalto. Déjenme estos papeles.

María Rosa y Luis salieron de allí azorados. Las cosas, se dieron cuenta, habían tomado un curso imprevisto y muy complicado.

Todos hicimos silencio. En las miradas se leía el reproche, pero nadie quería ser el primero.

—Bueno, no me parece tan grave –dijo al fin Santiago, que estaba un poco perdido–. Por lo menos lograron entusiasmarlo...

—¡Cómo que no es grave! –interrumpió Marta, cuyos ojos saltones parecían a punto de explotar–. ¡Es un verdadero desastre! Ahora don Alfonso le va a preguntar a Sebastián, él va a decir que todo es mentira y el viejo se va a dar cuenta de que quisimos engañarlo. Nunca nos va a dar el dinero.

—Efectivamente ese es el problema –dijo con voz apagada María Rosa–. Pero tenemos dos días.

Todos giramos hacia ella.

—¿Cómo dos días?

—Sí, Sebastián se fue a la ciudad a hacer trámites para la Universidad. Vuelve en dos días. En ese plazo, tenemos que lograr que las cosas cambien.

—¿Vamos a hacer magia? –preguntó sarcástica Marta.

—En realidad –reflexionó Leticia–, lo que tenemos que conseguir es que Sebastián *crea* que Mara está enamorada de él. Porque en ese caso, cuando su abuelo pregunte si hay algo entre ellos, no lo va a negar. Tal vez simplemente sonría y con eso alcanzaría para contentar por ahora a don Alfonso.

—¿Pero Mara está enamorada de él? –preguntó Santiago, que seguía confundido.

—No parece probable –respondió Leticia–. Pero nos alcanza con que Sebastián *crea* que sí.

—No alcanza en absoluto –la contradijo Marta–. Porque si él cree que ella está enamorada, probablemente intente un acercamiento. Entonces ella lo va a rechazar, don Alfonso se va a enterar y adiós dinero.

—¿Ella lo va a rechazar? –Santiago se sentía a cada momento más confuso.

—Eso está por verse –respondió Leticia–. De hecho, la estrategia de la otra noche funcionó bastante bien: los perritos que le dejé lloriquearon, ella llamó a Sebastián y él se quedó en su casa un par de horas.

—¿Y qué pasó?

—Bueno, eso no lo sé. Pero tal vez ya se gusten.

Horacio, que había estado callado todo el tiempo, se puso de pie de un salto.

—¡Ya lo tengo! –exclamó–. Lo que hay que lograr es que *los dos* crean que el otro está enamorado. Si el sentimiento es correspondido, todo irá bien. Ahora, si piensan que solo es el otro el enamorado, van a evitar encontrarse a solas para no pasar un momento difícil, y el rechazo no se va a producir. Eso nos da tiempo. Y hasta es posible que el creer que el otro está enamorado despierte el interés de cada uno de ellos y se enamoren de verdad. ¿Se entiende?

—No –dijo Santiago en voz baja, pero no lo oyeron porque todo el mundo se había puesto a hablar animadamente.

—Perfecto —estaba diciendo Leticia—. El tiempo que dure esa confusión puede ser suficiente para que don Alfonso se entusiasme y firme el cheque.

—Es un plan con muchos puntos débiles —dijo Marta.

—Es el único que tenemos —le contestó Luis.

De modo que se acordó. Leticia y Horacio quedaron a cargo de convencer a Mara y Sebastián del amor del otro. Luis seguiría insistiendo con don Alfonso.

Llegó la cerveza y brindamos: por que Sebastián y Mara se creyeran lo del enamoramiento del otro, y por que don Alfonso se creyera lo del noviazgo y —por fin— pusiera la plata.

Santiago, que ya no entendía nada, se limitó a levantar su copa.

—Sí —dijo—. Salud.

13

EL gran tema en el pueblo en los últimos días es el despegue turístico. Así lo llaman. Viendo este lugar tan quieto y tan pequeño a uno le cuesta imaginar que despegue hacia alguna parte, pero la idea no es mala. Al parecer los "cerebros" del pueblo se estuvieron reuniendo para discutir estrategias destinadas a evitar la muerte de Las Flores. Y la respuesta es el turismo.

Así que desde el primero al último de los florenses está pensando cómo contribuir con el despegue. Ya circulan varias listas de tareas para inscribirse. Hoy nos visitó Leticia. Llegó justo cuando mamá acababa de salir a hacer las compras y papá aún no había vuelto del trabajo, de modo que me tocó a mí recibirla. Venía cargada de papeles, listas y explicaciones sobre los proyectos elaborados. Yo ya había acordado con Lisa y Marcela hacer pulseras con mostacillas que pensamos vender en la futura feria artesanal. Y ahora también acepté que me incluyan entre los grupos que van a ir a la ciudad a hacer publicidad.

La última idea, me explicó Leticia, es el *logo*. Parece que es un invento de su marido.

—Una imagen –me explicó–, algo que identifique al pueblo. Que se recuerde, que se reproduzca en los carteles, en las artesanías.

Obviamente, se trata de flores. Qué otra cosa podría ser. De modo que todos los presuntos artistas del pueblo se han puesto a dibujar flores. El diseño elegido se va a repetir en todas partes. Hasta en las camisetas que va a fabricar Marta, la de la tienda, para los chicos que vamos a repartir volantes en la ciudad el mes que viene. Porque, aunque aquí se está hablando de asfaltar el camino en el futuro, la idea es lanzarse cuanto antes. A mí me parece todo un poco fantasioso, pero tal vez funcione. Y en cualquier caso no se pierde nada con soñar.

El dato más sorprendente para mí fue que mi hermano, que estaba aquí cuando llegó Leticia, aceptó participar. Hizo como que no notaba mi mirada estupefacta en el momento en que se anotó en el grupo que va a arreglar y

80

pintar la casa de Ángeles, que volverá a ser hostería. Lo hizo todo con una actitud displicente, como si estuviera haciéndole a alguien un gran favor, pero a mí no me engaña. Está interesado, aunque ni borracho lo va a reconocer.

Cuando la acompañaba a la puerta, Leticia se puso rara. Había sacado el tema de los cachorros y me preguntó qué tal habían salido las cosas con Sebastián. Yo me encogí de hombros.

—Bien –dije–. Trajo la leche y pudimos darles de comer.

—Digo con él –insistió–, ¿qué tal con él?

Volví a encogerme de hombros.

—Normal, supongo.

Entonces bajó la voz y se acercó un poco.

—Quiero decirte que oí comentarios. ¿No notaste nada en Sebastián?

Yo estaba desconcertada.

—¿Nada de qué?

—Sobre su actitud, sus sentimientos.

—¿Sus sentimientos con quién?

Leticia parecía estar poniéndose impaciente.

—¡Con vos!

—¿Conmigo? Nada. Casi no me habla.

—Eso –dijo– es porque se pone nervioso. Pero la realidad es que... está enamorado.

—¿De quién? –pregunté yo, interesada.

—¡De vos! –exclamó como si fuera la cosa más obvia del mundo. Después se me quedó mirando.

A mí la noticia me dejó muda un rato.

—No –le dije al fin–. Es un error. Si lo único que hace es ponerse colorado.

—¿Ves? –insistió–. Eso es porque está enamorado. No tengas duda. Bueno, mantengámoslo en secreto. Ahora me tengo que ir.

Yo me quedé pensando por qué tengo tan mala suerte. ¿Justo se tenía que enamorar de mí un idiota? ¿No podría haber sido otro, el de los ojos verdes, por ejemplo? Lo único que me faltaba. Un idiota que se pone colorado y se enamora de mí. Qué vergüenza.

14

Diario del Grupo de Rescate

12 de febrero de 2002

Aunque a los tumbos, las cosas están funcionando. Esa es la idea con la que nos quedamos tras la reunión de hoy. No es que todo marche sobre ruedas, claro, pero de una forma u otra, se avanza.

Debo decir, sin embargo, que esta es la visión del sector optimista del grupo. También está el pesimista. O sea, Marta. Ella dice que el asunto de los chicos va a estallar en cualquier momento, don Alfonso se va a enterar, y adiós proyecto.

—No seas tan negativa –le recriminó María Rosa–. Finalmente, por ahora las cosas van según el plan. ¿No es así Horacio?

Horacio asintió y volvió a repasar las circunstancias en que le había dejado saber a Sebastián que Mara estaba enamorada de él.

—No hay duda de que se sorprendió, pero no

sospecha que es un invento. Me parece que la idea le atrae.

—¿Pero qué dijo, concretamente? –preguntó Santiago.

—Bueno, decir, no dijo gran cosa. Se puso colorado.

—Eso lo hace siempre.

—Sí, pero al mismo tiempo sonreía. A mí me parece que ella también le gusta.

—¿Y Mara? –preguntó María Rosa volviéndose hacia Leticia–. ¿A ella le gustará Sebastián?

Leticia dudó.

—Le costó creer lo del enamoramiento cuando se lo dije. No sé, la vi extrañada, sorprendida. Pero después se convenció. Y creo que es posible, muy posible que termine enamorándose.

Alguien mencionó que faltaba poco para el tradicional baile de Carnaval y que esa sería una buena oportunidad para que los chicos sellaran el romance.

—Claro –dijo Santiago–, si la relación se formaliza, en el baile se entera todo el pueblo. Eso sería definitivo para que Alfonso aporte el dinero. Al ver a los dos chicos juntos...

—Un momento –dijo Marta–, ¿no están yendo muy rápido? Por ahora todo lo que tenemos es dos chicos engañados: ambos creen que el otro está enamorado. No hay nada más. ¿De qué relación hablamos?

84

—Bueno, podría darse –defendió María Rosa–. Pero después de todo, tal vez ni siquiera necesitemos que suceda de verdad. Tal vez la mera idea alcance. ¿No, Luis?

El intendente, que acababa de entrar a la reunión, frunció el ceño.

—No sé –dijo–. Don Alfonso sigue dudando. Esta mañana me di una vuelta por la estancia y lo noté un poco distante. Dijo que quiere conversar sobre el asfalto con uno de sus hijos.

—¿Y sobre Sebastián no dijo nada?

—Sí –Luis hizo aquí una pausa para crear tensión–. Esto aún no lo había contado.

Hubo un murmullo de protesta.

—Usted siempre se quiere guardar algo –se quejó Santiago–. Cuente, cuente, ¿qué dijo?

—Al parecer le preguntó al chico si andaba en algo con la hija del médico.

—¿Y él?

—Solo se puso colorado. Don Alfonso interpretó que había algo cierto e insistió. Entonces el chico dijo una frase extraña. Muy interesante.

—¿Qué?

—Dijo: «Nada, abuelo, todavía no pasa nada».

—¿Y por qué eso es extraño? –preguntó Santiago.

—"Todavía." ¿No entiende? ¡El chico cree que va a suceder!

—Esa es una buena noticia –sonrió Horacio–. Tal como yo pensaba, al chico ella le gusta.

Todos empezaron a hablar animadamente sobre las perspectivas del noviazgo.

—¿Pero qué pasa con el dinero? –interrumpió Marta–. ¿Don Alfonso prometió algo?

—No –dijo Luis–. Se ve que duda. Me dijo que le gustaría ver más afianzado el asunto de Sebastián y la chica. Me preocupa.

—Bueno, hay tiempo –lo tranquilizó Leticia–. Confiemos en que va a suceder.

Yo confiaba. Es decir, confío. Por lo menos hoy. Confío en muchas cosas: en que habrá asfalto, en que mi hostería va a atraer a mucha gente, en que las cortinas y acolchados que estoy haciendo van a quedar fantásticos, en que el turismo cambiará nuestro destino, en que nunca vamos a ser como Manzanares. En que Las Flores, finalmente, va a florecer. Suena un poco cursi, pero así nos sentíamos hoy.

Horacio trajo la cerveza. Brindamos: por el amor entre los chicos, que en cualquier momento iba a llegar.

15

Nunca en mi vida tuve tanta vergüenza. Por qué, por qué me suceden a mí estas cosas: eso fue lo que me pregunté toda la tarde.

Mi mamá me había pedido que fuera hasta la farmacia a comprarle unas aspirinas. Yo venía distraída y cuando ya había puesto un pie dentro del local, lo vi. A Sebastián. Casi me muero: lo último que quería era encontrármelo a solas, después de lo que me dijo Leticia. Intenté huir y di un paso hacia atrás, pero era tarde: tanto él como la farmacéutica se habían dado vuelta y me estaban mirando. Yo me había quedado con un pie en el aire y creo que de puro nerviosa trastabillé y me caí.

Fue entonces cuando sucedió lo peor: él se acercó a ayudarme, pero cuando me tendió la mano para que pudiera levantarme se puso colorado como un tomate. Y creo que a mí me pasó lo mismo, porque sentí un golpe de calor en las mejillas. La farmacéutica nos miraba a los dos, con una sonrisa. Yo quería morirme: seguro que se cree que a mí me gusta este estúpido, y por eso me puse tan nerviosa.

Obviamente no podía explicar nada. ¿Qué iba a decir, que en realidad me puse nerviosa porque sé que él está enamorado de mí y temo que se me declare? No, es absurdo. Apenas murmuré que quería unas aspirinas, las pagué y salí corriendo. A él ni lo saludé al salir. Y todo el tiempo la farmacéutica se sonreía, como si estuviera viendo algo muy divertido. Qué horror. Seguro que ya se lo contó a todo el pueblo y la gente, que acá tiene muy poco que hacer, anda repitiéndolo por todas partes: que Mara ve a Sebastián y se cae al suelo. Y después los dos se ponen colorados. Tal vez hasta se entere el de los ojos verdes. Me quiero morir.

Estuve pensando el resto del día y lo decidí: tengo que lograr que todo el mundo sepa que Sebastián no me gusta. Y sobre todo que se entere él. Porque después del lamentable papel que hice en la farmacia, lo que más temo es que él se crea que me gusta y se haga ilusiones. No, no puedo permitir eso. No quiero ni pensar en la posibilidad de que venga a invitarme a salir, o algo así.

Ya lo tenía decidido esta tarde cuando me crucé con Leticia. Ella me detuvo para comentarme las últimas novedades sobre el despegue turístico y aproveché para hacerle saber la verdad. Le conté que había estado pensando en lo que me dijo sobre Sebastián, pero que a mí él no me gustaba en absoluto.

Pareció ponerse nerviosa.

—Bueno –dijo–, casi ni se conocen. Tal vez cambies de idea.

—No –le respondí segura–. Nunca me va a gustar.

—Nunca es una palabra demasiado terminante –insistió–, todo puede suceder.

—No –repetí yo–. Estoy segura. Y no quiero que él se haga ninguna ilusión.

Leticia puso una cara extraña.

—¿No irás a decirle algo? –me pareció que la voz le temblaba–. Le vas a provocar un disgusto. Es preferible el silencio.

—Si hace falta lo digo –le aclaré–. Creo que es mejor un disgusto ahora y no que se imagine algo imposible y sufra después.

Fue raro: de pronto noté que Leticia estaba pálida. Tal vez se sentía mal y no quiso decírmelo. No creo que la conversación sobre Sebastián pudiera afectarla tanto: finalmente ni siquiera son parientes. Pero dijo que tenía algo urgente que hacer y se fue así, con esa mirada extraña, como si hubiera visto a un fantasma.

16

Diario del Grupo de Rescate

15 de febrero de 2002

Llegamos todos apurados y, sobre todo, muertos de curiosidad. En realidad, la reunión se había previsto recién para el viernes, pero el llamado de Leticia obligó a cambiar los planes. Por teléfono no quiso anticipar nada: solo dijo que era de extrema urgencia que nos reuniéramos esa misma noche.

Apenas estuvimos todos presentes ella cerró la puerta y con una expresión que metía miedo de tan seria nos dijo que algo había salido mal.

—Pero qué, por Dios, dígalo de una vez –explotó Santiago.

Entonces lo largó. Verdaderamente, era malo: Mara quería decirle a Sebastián que no le gustaba. Peor: que nunca le iba a gustar. Pretendía evitar así que el chico se hiciera ilusiones con ella.

—¡Eso es terrible! –gritó Marta–. Si le dice eso, los dos se darán cuenta de que los engañamos y don Alfonso va a saber todo.

—Tal vez no –sugirió Santiago–, el chico no es muy comunicativo con su abuelo.

—Es imposible que no se entere. Cuando se sepa que mentimos, que los empujamos a creer algo que no era cierto, esto va a ser un escándalo. Es el fin –la voz de Marta se quebró–, es el fin de nuestro proyecto.

—Creo que sí –coincidió Horacio apesadumbrado–, no hay salida.

En la sala se hizo un silencio de muerte. Solo se oía un golpe repetido: la lapicera que Luis hacía chocar rítmicamente contra la mesa. El intendente tenía el ceño fruncido y la mirada perdida en el aire.

—A ver si la terminás con ese ruido –le dijo molesta María Rosa.

Él la ignoró.

—Tal vez –dijo de pronto—, tal vez haya una manera de salir de este embrollo. Pero es algo bastante... delicado. Tendríamos que estar todos de acuerdo para intentarlo.

—¿Qué? –preguntaron varios a coro.

Luis se puso de pie, caminó hacia la puerta y cerró con llave. Luego se dio vuelta y nos miró:

—Un engaño aún mayor –dijo.

—¿Cómo?

—Sumando a Sebastián, a Mara y también a los padres de ella.

—No entiendo –dijo Leticia.

—Creo que todos, e incluyo a Sebastián y a los Herrera, estamos de acuerdo en que necesitamos el asfalto para el proyecto turístico. Y antes que eso: estamos de acuerdo en que queremos evitar la muerte de Las Flores.

—Sí –interrumpió María Rosa–, ¿pero qué tiene que ver?

—Momento. Decía que en eso estamos todos de acuerdo. Entonces habría que explicarles a ellos que para poder salvar Las Flores los necesitamos: que nos tienen que ayudar a conseguir el asfalto. Aunque sea con un pequeño sacrificio... una pequeña mentira.

Marta se puso de pie y lo miró estupefacta.

—¿Estás sugiriendo lo que yo creo? ¿Que les pidamos a Mara y Sebastián que finjan estar de novios?

—Exactamente.

—Nunca lo van a aceptar –resopló Marta–. Y, además, si se sabe...

—Por eso decía que todos tenemos que estar de acuerdo y jurar silencio –dijo Luis–. Si no, esto no va a funcionar.

—No va a funcionar porque es imposible que accedan –replicó María Rosa–. Pensemos un poco. Estaríamos pidiéndole a Sebastián que le mienta a su propio abuelo y a Mara que pretenda ante todo el pueblo estar de novia con un chico que no le gusta nada. Es absurdo.

—Tal vez no tanto –intervino Leticia–, yo creo que la idea no es mala. Sé que Sebastián tiene un apego por el pueblo como ningún otro chico. Piensen que rechazó irse con sus padres a la ciudad, porque le gusta vivir aquí. Y no le estaríamos pidiendo tanto: es una pequeña mentira. Apenas una mentirita. Con Mara, sí, es más difícil. Pero no vamos a exigirle que haga nada terrible: solo que se deje caer una o dos veces por la casa de Sebastián. Y que permita que él diga que son novios.

—Hay que tener en cuenta que don Alfonso ya casi nunca viene al pueblo –dijo Luis–, de modo que no habría necesidad de que ellos finjan constantemente. Solo en algunas ocasiones.

—Es una jugada arriesgada –dudó Horacio–. Estamos hablando de un complot.

—Sí –respondió Luis–, un complot. Un complot para salvar Las Flores. Ahora, que cada uno exprese su opinión. Si no hay acuerdo, cancelamos los planes.

Se hizo silencio. Marta miraba al piso. Santiago caminaba nerviosamente por la sala. Luis golpeaba otra vez la mesa con su lapicera. Los demás nos observábamos, nos escudriñábamos, como intentando leer en los ojos de cada uno qué iba a decir. Al fin habló Leticia.

—Yo estoy de acuerdo –dijo.

—Yo también –me sumé.

—Y yo –agregó Santiago.

Entonces Luis pidió que votáramos a mano alzada: porque tenía que ser claro que todos –y subrayó la palabra todos— aceptábamos el complot y nos comprometíamos a no decírselo a nadie.

De a poco, tímidamente, se fueron alzando las manos. La de Marta era una mano dudosa, apenas levantada, como si planeara arrepentirse en cualquier momento y volver a apoyarse en la falda de su dueña.

—¿Marta, estás de acuerdo entonces? –preguntó Luis.

—Sí –contestó ella y aunque su voz sonaba apagada, la mano se erigió más firme–. Estoy de acuerdo.

Hubo que decidir entonces algunos detalles operativos. Se resolvió que solo Leticia y Horacio van a hablar con Sebastián, como para no intimidarlo. A los Herrera pensamos invitarlos a conversar con todos, mañana.

Horacio apareció con la cerveza y la sirvió.

—Por el éxito del complot –dijo.

Los demás levantamos las copas. Las expresiones eran serias. Creo que teníamos miedo.

—Salud –contestó Santiago y bebimos.

17

Locos. Ridículos. Delirantes. Eso es lo que son en este pueblo: una manga de chiflados. Todavía me cuesta creerlo. Lo que pasó es tan absurdo que no hay palabra que alcance para definirlo.

María Rosa, la esposa del intendente, se apareció por casa en la mañana. Tenía una expresión seria cuando le dijo a mamá que había un asunto importante para hablar. Pero no ahí ni en ese momento, sino por la noche y en el club.

—¿En el club? –preguntó mi mamá extrañada.

—Sí. Con todo el grupo.

—¿Qué grupo?

Entonces María Rosa explicó que existía algo llamado Grupo de Rescate que había estado reuniéndose en los últimos meses y ahora necesitaba hablar con nosotros. En forma urgente y confidencial. No hubo manera de lograr que nos adelantara algo: insistió en que era muy privado y que debíamos estar presentes mis padres y yo.

—¿Yo? –pregunté asombrada.

—Sí –dijo mirándome fijamente–, especialmente vos.

De modo que el resto del día me lo pasé mordiéndome las uñas, intentando imaginar de qué se podía tratar. Mi mamá me miraba con suspicacia y dos veces me preguntó si no había hecho algo malo que mereciera semejante encuentro. Yo hasta me enojé con su insistencia.

Al fin llegaron las ocho. Nos presentamos puntualmente porque ya no podíamos con tanta ansiedad. Leticia nos condujo hasta una sala en el primer piso, donde ya estaban todos. Y cuando digo todos me refiero a los siete integrantes de ese extraño grupo: el intendente y su mujer; la profesora Leticia y Horacio, su marido; Ángeles, la flaca pálida que hace tortas; Santiago, el carpintero, y Marta, la dueña de la tienda de ropa.

Nos sentamos y Leticia cerró la puerta. En un principio, nadie habló. Nosotros nos sentíamos un poco incómodos, pero ellos se veían decididamente peor: la mayoría miraba al suelo, a los horribles cuadros colgados en la pared o a la nada. Ni uno nos miraba a los ojos. Finalmente Luis abrió el fuego. Nos dijo que ese grupo se había conformado con el propósito de evitar la extinción de Las Flores y que había algo muy especial que quería pedirnos, pero antes nos iba a explicar la situación. Fue una explicación larga: empezó por los motivos que habían llevado a Las Flores a ser lo que es: un pueblo que se acaba. El destino, dijo, parecía inexorable: o se hacía algo decisivo para cambiar el rumbo o Las Flores se iba a morir, como ya había sucedido con otros pueblos argentinos.

—Entonces pensaron en el turismo –dijo mi mamá.

—Sí –respondió Luis–, pero no es tan fácil.

La cuestión, al parecer, pasa por el camino. Porque si bien todos confían en que con los planes en marcha las cosas pueden mejorar un poco, no habrá un cambio importante a menos que se consiga asfaltar el camino hasta San Marcos. De lo contrario, con tanta piedra y polvo, con la nieve en invierno y la lluvia en primavera, no habrá muchos turistas que lleguen a Las Flores.

Hasta aquí confieso que no tenía ni la más mínima, ni la más pequeña de las ideas sobre qué teníamos que ver nosotros con el asfalto. Cómo me iba a imaginar. Luis siguió contando todos los esfuerzos que habían hecho para conseguir el bendito asfalto: cientos de reuniones con el gobernador, con el intendente de San Marcos, con empresarios de la zona. Y nada.

—Fue cuando pensamos en pedirle a alguien que donara el dinero necesario.

Mi papá frunció el ceño.

—¿No se les ocurrirá pedirnos a nosotros? Porque la verdad es que no tenemos ni un peso.

—No –sonrió el intendente–, qué idea. Lo que les vamos a pedir es mucho más extraño aún. Déjeme seguir.

Entonces se puso a explicar el asunto de don Alfonso, el rico de la estancia. Parece ser que este hombre hizo su fortuna cuando apareció petróleo en su campo y que en esa oportunidad, hace mucho tiempo, prometió pagar el asfalto para el camino. Y ahora querían hacerle cumplir esa promesa.

—¿Y nosotros qué tenemos que ver? –pregunté yo, porque ya me estaba cansando de tanta explicación.

—Ya vamos llegando –contestó el intendente.

La cuestión era que don Alfonso tenía dudas. Muchas dudas. Sus hijos y nietos vivían en la ciudad y no soñaban en volver. Y él, a los noventa y tres años, temía que nadie de su familia quedara en ese pueblo al que donaría el camino. Porque solo estaba el nieto, Sebastián, y tal vez también se fuera.

Cuando llegó a la mención de Sebastián, me puse nerviosa. Porque lo peor que podía pasar para mí era que todo esto tuviera que ver con ese idiota que se pone colorado con solo mirarme. Luis siguió diciendo que aunque verdaderamente Sebastián planeaba volver al pueblo una vez terminada la Universidad, su abuelo no lo creía posible. Lo curioso era la razón: porque no tenía novia. Si hubiera novia, razonaba don Alfonso, sería distinto.

—Y aquí fue donde se produjo la confusión –dijo Luis y me pareció que también él se estaba poniendo nervioso.

—¿Qué confusión? –preguntó mi mamá.

—Bueno, a nosotros nos había parecido que... Sebastián y Mara tenían cierta... afinidad.

—¿Afinidad? –me sobresalté yo–. ¿Qué quieren decir? Miren que a mí Sebastián no me gusta. No me gusta ni un poquito.

—Además –intervino mi mamá–, ese chico es muy grande para Mara.

—Mamá, esa no es la cuestión –protesté–. La cuestión es que no me gusta.

—Claro –dijo enseguida ella–, no le gusta.

—Entendemos perfectamente –afirmó él–, el problema es que también don Alfonso entró en esta... confusión.

—¿Qué significa eso? –preguntó papá.

—Que él piensa que entre los dos chicos puede haber algo...

—Bueno –interrumpí yo–, hay que aclararle que no hay nada, y listo.

—Ese es el punto –dijo Luis–. Preferiríamos no hacerlo.

—¿Por qué?

—Porque nos resulta sumamente conveniente que él lo crea. La idea del noviazgo lo entusiasmó mucho. Así, está más inclinado a donar el dinero para el asfalto.

Yo me levanté de un salto.

—Ustedes no van a pretender que yo me ponga de novia con un chico que no me gusta porque les viene bien.

—Noooo –me tranquilizó María Rosa–, nada que ver. Lo que querríamos es que... es que...

Miró a los demás en busca de ayuda.

—¿Qué? –pregunté yo, nerviosa.

Leticia salió en su auxilio.

—Que finjas. Que finjan los dos.

—¿¿¿Qué???

Mi mamá me tomó del brazo, me miró a los ojos, y me hizo sentar.

—A ver –dijo–, por qué no nos aclaran esto un poco.

El plan, que escuché atónita, era así: Sebastián y yo debíamos pretender estar de novios. Yo tendría que ir a su casa cada tanto, y dejar que el abuelo me viera. Tal vez debiera bailar con él en alguna fiesta. Si nos íbamos del pueblo, no había problema: ellos se encargarían de que "llegaran" cartas supuestamente mías. Pasado un tiempo, una vez que lo del asfalto estuviera concluido, podíamos decir que la relación se había terminado. Luis se calló y todas las miradas se dirigieron a mí.

—Ustedes... –dije y la voz me tembló un poco–, ustedes están locos.

—¡Mara! –me retó mi papá y me hizo señas de que me quedara callada.

—¿Y el chico qué dice? –preguntó mi mamá.

—Está sorprendido –contestó Leticia–, pero acepta.

Con voz serena, papá les dijo que la propuesta era extraña, que necesitábamos pensar y conversarlo en familia y que al día siguiente daríamos la respuesta. Entonces nos levantamos y nos fuimos.

La conversación, sin embargo, quedó pendiente porque en ese momento vinieron a buscar a mi papá para que fuera a ver con urgencia a una persona enferma.

—Cuando llegue a casa hablamos –dijo y salió corriendo.

Igual, no hay nada que hablar. La decisión ya la tengo tomada. La respuesta es no. No, no y no. Ni soñarlo. No.

18

Diario del Grupo de Rescate

19 de febrero de 2002

¡Sí! Lo repito: ¡¡Sí!! Otra vez: ¡¡¡Síííí!!! Es que aún no puedo creerlo: cuando todo parecía encaminarse a un rotundo fracaso, conseguimos el sí. Claro que es un sí con condiciones, pero qué más da. El chico, Sebastián, no fue tan difícil. Al principio puso sus reparos, porque lo ponía nervioso mentirle tan descaradamente a su abuelo, pero cuando le hicimos ver que él iba a tener una novia tarde o temprano y que era apenas una manera de acelerar las cosas y así salvar al pueblo, se convenció. Yo, personalmente, creo que en el fondo la chica le gusta, porque no puso ninguna objeción a que fuese ella la novia del complot.

En el caso de Mara, en cambio, todo fue trabajoso. En la reunión se mostró tan espantada con la idea que creímos que la derrota era segura. Imagino que el cambio se produjo cuando pusimos en marcha nuestro último recurso: las fotos. Esa noche Leticia y Horacio se dieron una vuelta por la casa de los Herrera. Llevaban las fotos de Manzanares. Hasta ese momento no habíamos mencionado directamente a Manzanares, pero es algo que aquí todos saben. Está a trescientos noventa kilómetros. Yo nunca fui, creo que no podría soportarlo. Me contaron, como a los demás, y eso me bastó. Pero Horacio y Leticia fueron y sacaron las fotos. Para el habitante de un pueblo como este, duele verlas. Da miedo que sean el espejo del futuro.

Manzanares tenía, como Las Flores, una población. No muy grande, cierto, pero fue alguna vez un bonito pueblo. Sufrió una emigración parecida a la nuestra, pero a un ritmo más rápido porque allí no había trabajo de ningún tipo. Y un día el pueblo ya no estuvo. Hoy viven allí cuatro personas. Comen verduras de su huerta y los huevos de unas gallinas que corretean por las calles, sin corral que las contenga, porque igual no tienen adónde escapar. Aún están en pie casi todas las casas, sucias y vacías. En la puerta de la iglesia hay una pesada cadena cerrada con un candado. Es para evitar que alguien se robe las imágenes que siguen colgadas, solitarias, en las paredes húmedas. La escuela tiene los vidrios rotos y se puede ver adentro lo que no valió la pena llevarse: algunas sillas destrozadas, un pizarrón viejo. Es un pueblo fantasma.

Sí, quizá fue un golpe bajo llevarlas a casa de los Herrera. Pero, tal como dijeron Leticia y Horacio, era la última carta que teníamos en la manga. Las pusieron sobre la mesa del comedor: las de la escuela, la iglesia, las calles vacías, la estación por donde alguna vez pasó un tren. A esto, les dijeron, es a lo que escapamos. Queremos hacer lo posible, y lo imposible también, para torcer el destino de Las Flores.

Al fin, los Herrera resultaron ser gente sensible. No cualquiera hubiera aceptado. Luis nos contó que hoy por la mañana fue el doctor a darle la noticia: la chica decía que sí, pero había condiciones.

—¿Qué condiciones? –preguntó Marta.

—Las tengo aquí anotadas en mi libreta –contestó Luis mientras se ponía los anteojos–. Se las leo. La primera dice que no va a ser ella quien anuncie el noviazgo. Acepta que lo diga él y prefiere que se mantenga cierta reserva sobre el asunto en el pueblo. Claro que no va a negarlo si alguien le pregunta.

—Está bien – opinó María Rosa–. ¿Qué más?

—No va a ir a la casa de Sebastián más de dos veces por semana y nunca se quedará más de dos horas. Como el único objetivo es que la vea el abuelo, considera que no es necesario que él la visite.

—Bueno, pero va a generar sospechas... –dudó Santiago.

—Por ahora está bien –dijo Leticia–. ¿Hay más?

—Sí: nada de acercamientos físicos.

—¿Cómo?

—La chica dice estar dispuesta únicamente a darse la mano con Sebastián si está el abuelo, pero nada de besos ni abrazos. Y va a bailar con él en las fiestas solo cuando don Alfonso esté presente.

—Es razonable –consideró María Rosa–. Si el chico no le gusta... ¿Eso es todo?

—Hay una más. Mara acepta el acuerdo por un tiempo limitado: no más de tres meses. Después de eso dice que tiene derecho a romperlo y ponerse de novia con otro.

—¿Qué, le gusta otro? –se sobresaltó Santiago.

—No sé, pero tiene derecho –dijo Leticia–, a nosotros tres meses tendría que alcanzarnos. Más es pedirle demasiado.

—Bueno, pero ¿por qué las caras largas? –dijo de pronto Luis–. Los dos nos dieron el sí: el complot está en marcha. ¿No es algo para festejar?

Todos se rieron.

—Claro que sí –acordó Santiago–. Y falta la cerveza. Voy a buscarla.

Mientras lo esperábamos, Horacio contó que había estado pensando en la necesidad de una

107

frase. En realidad no dijo frase sino eslogan. Algo que llame la atención sobre el pueblo, explicó, y la gente lo recuerde. Que figure en carteles, camisetas, volantes y guías. Un lema.

—Puras pavadas modernas –dijo Santiago.

Pero Horacio insistió y convenció al resto. De modo que todos nos pusimos a pensar frases. María Rosa sugirió «Las Flores, un pueblo con paz», pero lo descartamos porque sonaba a cementerio. A Luis se le ocurrió «Las Flores, un pueblo perdido» y a nadie le gustó: los turistas iban a pensar que era imposible encontrarlo. Al fin la que tuvo más éxito fue la de Leticia:

—Las Flores, un pueblo con magia –dijo.

—Eso –se rió Santiago–, magos vamos a ser si algo de esto sale bien.

De modo que se aprobó.

Brindamos: por Mara, por Sebastián y por la magia de Las Flores.

19

ACEPTÉ meterme en este ridículo plan después de ver esas fotos tan tristes de Manzanares, un pueblo que alguna vez tuvo vida y hoy no es más que un montón de polvo. A la mañana siguiente, sin embargo, ya tenía mis dudas. Y las dudas fueron creciendo a medida que se acercaba el momento de ir a casa de Sebastián. Las dos primeras veces que quise abandonar el plan mis padres estaban ahí para frenarme.

—Vos aceptaste –me recordó papá–, ahora no podés echarte atrás.

Pero no había nadie cuando llegué a la puerta de la estancia y sentí que me paralizaba, que mis piernas no me iban a conducir dentro. Estaba a punto de dar media vuelta e irme cuando él se acercó a la tranquera.

—Ya era hora –dijo–, se te hizo tarde.

El comentario me enfureció: parecía que ese idiota ya se creía con derecho a controlar mis horarios.

—Mirá –le dije–, antes de entrar vamos a dejar en claro algunos puntos.

Y ahí nomás le canté la verdad.

—Vos a mí no me gustás, hago esto solo porque me lo pidieron. Quiero que sepas que no voy a venir más de dos veces por semana, que me voy a quedar el menor tiempo posible y que no tengo ningún interés en que se entere todo el pueblo. Además, no se te ocurra tocarme. Apenas la mano, si tu abuelo está mirando y es necesario.

Pareció ofendido.

—No sé qué te creés –dijo–. Vos tampoco me gustás. A mí solo me interesa salvar el pueblo.

Me sorprendió. Aún no sé qué pensar: si él me miente por vergüenza o si en verdad la que me mintió fue Leticia y nunca estuvo enamorado de mí.

—Mejor así –le contesté–, estamos de acuerdo. Ahora entremos.

Por suerte el abuelo no estaba cerca, porque creo que en ese momento en lugar de novios parecíamos enemigos. Pero la bronca se me fue pasando mientras recorríamos la estancia, que es increíble. Hay caballos, una huerta y una cantidad de perros que no llegué a contar. Y la casa: tiene seis habitaciones y muebles que parecen de otra época. Al fin llegamos a la sala y lo encontramos sentado en un sillón.

—Abuelo, ella es Mara –dijo Sebastián–. Mi... novia.

Lo dijo con tan poca convicción que sonó absolutamente falso. El viejo alzó la cabeza y me miró frunciendo el ceño. Yo pensé que se había dado cuenta de todo. Ahora se va a levantar, me dije, va a gritar que lo engañamos y me va a echar de la casa. Cuando se incorporó con esa expresión dura en la cara creí que se me detenía el corazón. Llegué a pensar que tal vez hasta intentara pegarme con el bastón. Sin decir una palabra se dirigió a una mesa, tomó sus anteojos, se los colocó y volvió a mirarme. Recién entonces esbozó una sonrisa.

—Yo sabía –dijo palmeándome el brazo–, sabía que mi nieto al fin iba a elegir bien.

Nos sirvieron el té en tazas de porcelana con flores azules. El abuelo se puso a contar una historia larguísima sobre el origen de esas tazas, compradas por su difunta esposa para la ocasión en que recibieron al gobernador a tomar el té en esa misma mesa, que a su vez

111

había estado allí durante los últimos setenta años.

—Entonces –dije yo–, usted siempre vivió aquí.

—Siempre no, llegué a los diecinueve años. Esto era otra cosa en esa época. Apenas vivían unas cien personas en la zona y aún no había escuela.

Pensé que era una buena oportunidad para introducir el tema que nos interesaba.

—Y ahora es posible que se vuelva a eso –me lamenté–. Sería una pena, pero si las cosas no cambian...

—Te interesa el destino del pueblo –don Alfonso parecía sorprendido–. Y eso que venís de Buenos Aires.

—Claro –dije enfática–. Ahora este es mi pueblo.

El hombre me miraba extasiado. Me di cuenta: me lo estaba metiendo en el bolsillo. Sin duda alguna había que aprovechar el momento, así que me despaché con una larga explicación sobre los planes turísticos y mi participación en ellos.

—Ojalá todo esto funcione –suspiré al fin–. Es la última oportunidad para que las cosas cambien en Las Flores.

—A mí también me interesa mucho –dijo él–, tanto que estoy pensando en hacer una donación para que se pueda asfaltar el camino.

—¿De verdad? –Sebastián lo miró sorprendido.

—Sí, ya vamos a hablar nosotros dos de eso.

Creo que no pude evitar sonreír. La mitad de la batalla estaba ganada.

—Salió bien –dijo Sebastián mientras me acompañaba a la puerta.

—Sí. Puedo volver el viernes.

—No hace falta –dijo–, el sábado es el baile de Carnaval en el club. Mi abuelo siempre va un rato y nos va a ver juntos. Vamos a tener que...

El tono me preocupó.

—¿Qué?

—Bailar. Al menos uno o dos temas, mientras él esté ahí.

—Bueno –me resigné–. Tratá de no pisarme.

—Voy a intentarlo –dijo–, pero no puedo prometerlo.

Entonces nos despedimos, sin besos ni nada. Apenas un saludo distante. Mientras caminaba a mi casa me di cuenta de que, en todo el rato, Sebastián no se había puesto colorado. Tal vez esté mejorando, pensé.

20

Diario del Grupo de Rescate

25 de febrero de 2002

Hoy Horacio entró a la reunión bailando y tarareando una de esas canciones de moda que yo nunca recuerdo.

—Pintarse la cara, color esperanza... –cantaba, mientras movía la cadera acompasadamente.

—¿Le dura la borrachera del baile? –preguntó Marta.

—La alegría, señora –respondió–, y alegría no es lo mismo que borrachera. ¿O acaso no hay motivos para estar alegres?

Supongo que los hay. Es verdad, las cosas están saliendo mejor de lo esperado. Para empezar, el baile de Carnaval fue un éxito completo. El pueblo entero participó: las calles se decoraron como nunca, todo el mundo aportó bebidas, los disfraces se lucieron por su originalidad y hasta los viejos salieron a bailar. Hacía muchos años que no teníamos un Carnaval así.

Es que, como dijo hoy Horacio, el pueblo está cambiado. Hace dos meses solo se oía hablar de la crisis, de la falta de futuro. Pero así es este lugar: a la gente le gusta colgarse a cualquier esperanza que anda dando vueltas por ahí. Y si hasta hace poco veían todo negro, ahora ven todo rosa. Desde que se lanzó el proyecto turístico se escuchan las más absurdas estimaciones: que van a venir cientos de turistas cada fin de semana, que pronto tendremos que construir más hosterías, que no vamos a dar abasto con las artesanías porque a los visitantes todo les va a encantar... Yo a veces les digo que dejen de soñar despiertos, que esperen a ver antes de anunciar tantas maravillas. En esos casos, me dicen aguafiestas. Por eso hoy no le contesté nada a Horacio cuando dijo que le parecía que en cuestión de días tendríamos el dinero para el asfalto.

—¿Le parece? –preguntó Marta.

—Claro. ¿O acaso no vieron cómo bailaban esos chicos?

Es cierto que Sebastián y Mara dieron la nota. Una pareja maravillosa. No solo combinaron los disfraces –él de Drácula y ella de mujer mordida–, sino que estuvieron entre los primeros en salir a bailar. Nos llenó de esperanzas ver a don Alfonso, en la silla que le colocaron junto a la pista, pura sonrisa, siguiendo el ritmo de la música con

115

el pie. Supongo que también lo complacían los comentarios. Porque la noticia del noviazgo generó un curioso efecto en el pueblo: la imagen de Sebastián empezó a cambiar en los ojos de la gente. Hasta hubo una vecina, una de esas que viven pendientes de los chismes, que se atrevió a decírselo a don Alfonso.

—Su nieto resultó un *tapado* —se la escuchó—; tan tímido que era y resulta que conquistó a la chica de Buenos Aires. Quién lo hubiera dicho...

Él se limitó a sonreír, pero se le notaba la satisfacción. Como es su costumbre, no se quedó mucho tiempo: a las once partió de regreso a la estancia y entonces Sebastián y Mara dejaron de bailar. Pero se los vio más tarde conversando y él hasta la acompañó a ella a su casa. Un detalle que, por supuesto, despertó todo tipo de comentarios.

—A fin de cuentas —dijo Leticia—, tal vez empezaron a enamorarse de verdad.

—Profesora, no se ilusione —sonrió Santiago—, no vayamos a creernos la historia que nosotros mismos inventamos.

—Quién sabe lo que puede suceder —insistió Leticia—, las cosas siempre evolucionan.

A mí, tengo que decir la verdad, ya no me importa demasiado si los chicos se enamoran o no. Me basta con saber que están cumpliendo con su papel a la perfección. Y al parecer lo hicieron tan bien que don Alfonso le dijo a Luis que pase el miércoles por la estancia a conversar sobre el camino. Cuando el intendente lo contó, lanzamos gritos de felicidad.

—¿Ven? –dijo Horacio–. Como yo decía. Ya lo tenemos.

—Aún no –advirtió Luis–, no cantemos victoria antes de tiempo.

Pero hoy era imposible no sentir el sabor del triunfo en la boca. Era imposible no adelantarse, no soñar con ese camino ancho y liso, puro asfalto, por donde los autos vendrán veloces y en grandes cantidades a traerle vida a Las Flores.

De modo que brindamos: por el definitivo éxito del complot.

21

Qué ilusa. Cómo podía pensar que algo así se podía mantener en reserva. Debería haber sabido que en un pueblo chico hasta las piedras cuentan los chismes. Creo que no habíamos bailado ni dos minutos cuando todo el mundo comentaba que éramos novios. Y eso era lo que yo más temía. Porque hasta puedo acostumbrarme a los pisotones de Sebastián (solo me pisó cuatro veces en la noche, que no es tanto), pero no a la cara de estupor con que me miraron Marcela y Lisa.

—¿De verdad que estás de novia con Sebastián? –me preguntó esa noche Lisa con los ojos grandes de la sorpresa.

Me costó, pero asentí.

—Decime –bajó la voz–, ¿no es un poco tonto?

Me molestó que lo preguntara. No por él, sino por mí: si él era un tonto, yo, que me había buscado un novio semejante, pasaba a ser una idiota.

—No –le contesté–, parece tonto, pero es porque es muy tímido. Cuando lo conocés bien, es una persona extraordinaria. Muy inteligente.

Rogué que ellas dos no lo conocieran bien, porque yo suponía que aun en ese caso seguiría siendo igualmente tonto.

—Si es así... –Lisa hizo un pequeño silencio antes de seguir–. Se ve que te lo tenías bien guardado.

Me puse nerviosa.

—No quise ocultárselo a ustedes. Es que... todo fue muy rápido. Sucedió de pronto.

—¿Cómo fue? –quiso saber Marcela.

—Por el perro –inventé–. Ahora tenemos al cachorro que nos dio Leticia y él vino a ayudarnos, porque lloraba y no sabíamos por qué. Y así, nos fuimos conociendo...

—Ahora no te vamos a ver tanto –comentó Lisa–. Vas a estar siempre con él.

—¡No! –exclamé.

Me miraron extrañadas.

—Quiero decir, sí... –me estaba haciendo un lío–. Me gustaría seguir viéndolas. Que esté de novia no significa nada.

—Bueno, algo significa.

—Sí, pero no, o sea... no sé.

Definitivamente, esa noche debo de haberles parecido tan idiota como él. Lo peor vino después, cuando Marcela me dijo, como distraída:

—Tenía un comentario para hacerte, pero supongo que ya no te interesa.

—¿Qué?

—Que hay otro *chabón* que se fijó en vos.

—¿Sí? –dije, intentando que el tono me saliera verdaderamente desinteresado–. ¿Quién?

—Rulos, el de los ojos verdes.

Sentí que el corazón se me caía e iba derecho al estómago, donde rebotó un par de veces hasta que volvió a subir y se me ubicó justo en el medio de la garganta. Carraspeé y traté de poner cara de nada.

—¿Y cómo sabés?

—Vino a preguntarme por vos. Pero mejor así, no te conviene.

—¿Por?

—Es de los que van de una novia a otra. Ya tuvo como cinco.

—Ajá –respondí, como distraída–. Igual no me interesa.

—Claro.

Qué no me va a interesar: me quería morir. Tal vez, pensé, esto dure. Porque yo establecí una cláusula importante en el acuerdo: solo voy a estar de novia con Sebastián tres meses. Y ya quedan... dos meses y tres semanas. ¿Seguirá interesado el de los ojos verdes todo ese tiempo?

En cualquier caso, no puedo averiguarlo por ahora. Todo el baile de Carnaval me la pasé mirando de reojo a Rulos y sonriéndole a Sebastián. Cuando terminó, él me acompañó a casa. Temí que intentara darme la mano, o algo peor, aprovechando que nuestro noviazgo ya era público, pero no hizo nada de eso. En la puerta de mi casa me preguntó si me gusta andar a caballo.

—La verdad –dije con vergüenza–, nunca me subí a uno.

—¿Querés aprender?

—Claro.

—El miércoles vení con ropa cómoda. Yo te enseño.

Dio media vuelta y se fue. La verdad, no parece muy enamorado.

22

DIARIO DEL GRUPO DE RESCATE

4 de marzo de 2002

La reunión había sido convocada para discutir algunos asuntos prácticos del despegue turístico. Por ejemplo, la feria artesanal: hay que elegir el día e invitar a alguna gente de San Marcos para la inauguración. También íbamos a hablar sobre la camioneta de Horacio. Él sugiere pintarla de una forma llamativa e intentar traer en ella a algunos turistas a los que les parezca atractivo atravesar los setenta kilómetros de tierra y polvo a bordo de esa chatarra.

Pero nos olvidamos de todas esas cuestiones en el momento en que llegó Luis. Lo primero que notamos es que traía tres botellas. Y no eran de cerveza sino de champán, un lujo que por aquí se ve pocas veces. Lo segundo que notamos fue su alegría: tenía la cara iluminada como la plaza en un día de fiesta.

Apoyó las botellas sobre la mesa y lentamente sacó de su bolsillo un sobre.

—¿A que no saben qué es esto? –preguntó, con esa sonrisa tan grande que se podía ver el trabajo prolijo de su dentista.

—Un sobre –dijo Marta, abusando de su inclinación por la obviedad.

—Sí, pero ¿qué hay en el sobre?

—¿Una carta? –arriesgué yo.

—No.

—¿Un billete de lotería? –sugirió Horacio.

—No –se impacientó Luis, y lentamente fue sacando del sobre su contenido y lo puso frente a nuestros ojos–. Un cheque. ¿Y saben qué es? ¡El primer pago para el Camino Vera!

—¿Qué es el Camino Vera? –preguntó extrañada María Rosa.

—¡Nuestro camino! Así se va a llamar porque lo paga don Alfonso Vera. ¿No entienden? ¡Lo logramos!

Todos empezamos a reírnos y a gritar y el cheque fue pasando de mano en mano, porque cada uno de nosotros quería verlo de cerca y tocarlo para constatar que era real. Era la primera de tres cuotas: así, en tres veces, iba a pagar Alfonso el asfalto. Luis dijo que al día siguiente pensaba hablar con el gobierno provincial para que se iniciaran los trabajos de planeamiento, pero nadie le prestó demasiada atención porque seguíamos festejando.

Empezamos a descorchar el champán. Ya no recuerdo cuántas veces brindamos. Por Alfonso. Por el camino. Por Alfonso. Por el camino. Por Alfonso. Por el camino. Así fue hasta que todos estuvimos un poco borrachos.

Sé que después hablamos sobre la camioneta de Horacio y creo que decidimos pintarla de rosa con flores verdes, aunque supongo que fue una decisión influida por las burbujas del champán y habrá que volver a discutirlo. También planeamos una gran fiesta para cuando estuviera listo el camino, a la que iba a venir gente de todos los pueblos cercanos, deslizándose felices por nuestro flamante asfalto. Creo que algunos lloramos un poco, de la emoción, y hasta hubo un par de discursos que prefiero no anotar aquí, para no abochornar a nadie. Con las últimas gotas de la última botella volvimos a brindar:

—Por el futuro.

23

SEIS MESES DESPUÉS

Al fin termina el invierno. Nunca hubiera imaginado, cuando mi papá nos anunció que debíamos mudarnos a Las Flores, que lo peor de todo iba a ser el frío. Me ilusionaba pensar en la nieve que aún no conocía, ese manto blanco de las películas que veíamos por la ventana cada mañana al levantarnos. Pero aquí descubrí que odio el manto blanco. Odio el frío. Fue decididamente duro el invierno, horrible cada mañana cuando para ir a la escuela me envolvía en varias capas de ropa y me veía tan atractiva como una salchicha.

Por eso digo que siempre hay que desconfiar de las primeras impresiones. Yo creía que iba a amar la nieve y a odiar Las Flores. Y resultó todo lo contrario. A fin de cuentas Las Flores de aburrido no tuvo nada. Desde que empezaron las obras del camino en marzo hasta ahora, el pueblo cambió rotundamente.

Y no es solo porque pintaron las casas, instalaron la feria artesanal y pusieron en funcionamiento dos hosterías. Tampoco son solo las actividades que se lanzaron con los primeros turistas: las caminatas conducidas por Horacio, los paseos en trineo tirados por perros que amaestró Sebastián o el increíble concurso de muñecos de nieve con el que salimos en la primera plana de un diario. No es únicamente eso: es sobre todo la gente la que cambió. Parece que se hubieran encendido en estos meses.

Una de las que más cambió fue Ángeles, la dueña de la hostería El Lago. Claro que detrás de su cambio hay una historia peculiar, según me contaron. Parece ser que un día, en uno de los primeros grupos de turistas que llegaron en la camioneta de Horacio, apareció un tipo que ella conocía.

El que muchos años atrás había sido su novio, le había jurado amor eterno y un día se había mudado sin decir esta boca es mía. Los que vieron la escena cuentan que él se le acercó y ella se puso más pálida que la harina de su masa. Entonces él le susurró:

—Soy yo, Ángeles; Ricardo. ¿Te acordás?

Y dicen que ella tomó una de sus deliciosas tortas, una llena de frutillas y crema pastelera, y se la ensartó en la cara. Después se puso a llorar. Pero él no se inmutó. Se limpió como pudo la masa de la cara, y todavía con un poco de crema pastelera entre las cejas, se arrodilló y le pidió perdón. Le explicó que su vida había sido difícil, que había viajado al exterior, que la mujer con que se casó murió y no sé cuántas cosas más. Y al fin, parece, se reconciliaron.

No sé si esta historia será cierta, pero no hay duda de que algo le pasó, porque a esa mujer le volvieron los colores a la cara. Y ahora se la ve eufórica, cocinando tortas y más tortas y atendiendo a los turistas que llegan, entre quienes cada sábado está Ricardo.

Claro que hasta ahora no fueron tantos los turistas, pero todo el mundo espera que con la inauguración del camino asfaltado, mañana, empiecen a venir a raudales. Yo cruzo los dedos: ojalá, digo, porque con tanto trabajo que se tomaron se merecen que les vaya bien.

Al que habría que incluir entre los que más cambiaron es a mi hermano. Creo que el día en que finalmente decidió admitir que ya no odiaba Las Flores, empezó a encontrarle ventajas al pueblo: que aquí mis padres lo controlan menos, que tenemos a Idefix, el perro, y, sobre todo, que se convirtió en un astro del fútbol local. Al menos eso cree él. Cuando se pone a hablar de sus goles, no hay quien lo aguante. Como resultado de todo eso, ahora es quien menos quiere irse. Sí, estamos otra vez hablando de irnos. De volver. Hace unos días, mi papá recibió una carta de Buenos Aires.

—Se les cumplió el deseo –nos dijo–, hay un trabajo posible en Buenos Aires. En diciembre podemos irnos.

Pero ninguno de nosotros saltó de alegría. Yo, sin embargo, creo que prefiero volver: por mis amigas y porque al fin y al cabo pienso que aún me gusta más la ciudad. Pero sé que voy a extrañar Las Flores. A Marcela y Lisa. A Leticia, mi profesora preferida. Y también a Sebastián.

No, no hubo amor. Pero al fin descubrí que tonto no es: no tiene un pelo de tonto. Nuestro pretendido noviazgo tuvo muchas ventajas y no solo para el pueblo. Él me enseñó a andar a caballo. Las primeras cabalgatas fueron fatales: yo me sentía parada arriba de un rascacielos en medio de un terremoto. Pero después fui tomando confianza, aprendí a tener el control de las riendas y a no ir siempre a donde el caballo se le antojaba llevarme.

Yo también hice lo mío: le enseñé a bailar. Cada sábado nos encerrábamos en el comedor de la estancia y poníamos música. Un día *rock*, otro cumbia y hasta algunas veces los lentos románticos. No voy a decir que se convirtió en un gran bailarín, pero al menos ahora no me pisa.

Un día nos dimos cuenta de que ya éramos amigos. No sé bien cómo sucedió, pero creo que todo mejoró cuando los dos reconocimos que no le gustábamos al otro, que nunca nos íbamos a enamorar. Ahí él dejó de ponerse colorado, yo dejé de estar nerviosa, y empezamos a hablar como personas normales.

Pero no nos vimos tan seguido, porque en abril Sebastián empezó a ir a la facultad en San Marcos y solo venía los fines de semana. Me llamaba los sábados, para que fuera a la estancia. Entonces tomábamos el té con Alfonso, jugábamos a las cartas y en días soleados andábamos a caballo. Y seguimos haciéndolo, aún mucho después de que pasaran los tres meses del acuerdo. Es que ninguno de los dos sintió la necesidad de cambiar algo.

Claro que estaba el asunto del chico de los ojos verdes, pero supe a tiempo que no era para mí. Me di cuenta de algo importante: se parece demasiado a Diego. Es de esos que cuando estás disponible no te dan bolilla, pero cuando no estás se mueren por vos. Así que era mejor dejarlo pasar.

Ya no sé, en realidad, si alguien sigue pensando que Sebastián y yo somos novios. Porque nunca lo decimos, pero tampoco lo negamos. Y en algún momento creo que hasta el abuelo se dio cuenta de la verdad. Pero para entonces, también él y yo nos habíamos hecho amigos. Un tipo especial Alfonso, uno de esos tipos que a cualquiera le gustaría tener de abuelo. Un día me dijo que me quería enseñar algo muy importante: los secretos del Truco. Yo sabía jugar, pero mis mentiras eran transparentes como una ventana recién lavada. Cómo odiaba cuando, teniendo cartas bajas, intentaba engañarlo y con voz temblorosa decía:

—Truco.

Y él lanzaba una carcajada.

—La nena no tiene nada. Quiero retruco.

Me ganaba siempre.

Por eso me gustó tanto lo que pasó la semana pasada. Alfonso había repartido las cartas y yo miraba las mías lentamente, tal como él me enseñó: sin mover un músculo de la cara que delatara mi juego. Tenía el as de espadas, la más alta. Pero avancé tranquila y lo dejé creer que él estaba dominando la partida. Canté el Truco sin mucha convicción y cayó.

—Quiero retruco –sonrió–. No tenés nada.

Yo subí la apuesta.

—Quiero vale cuatro.

Dejó de sonreír.

—Quiero. ¿A ver?

Cuando tiré el as sobre la mesa, se levantó y empezó a gritar. Al principio pensé que estaba enojado, pero vino hasta mí y me abrazó riéndose.

—Se acabaron las lecciones, Mara. Ya sabés jugar al Truco.

Así fue como Alfonso me enseñó a mentir. En el Truco, claro, porque mentir yo sabía de antes: bien lo demostré con el complot.

A veces pienso, sin embargo, que en verdad Alfonso usó el noviazgo para decidirse de una vez a poner la plata. Y para justificarse frente a sus hijos. Eso fue lo que pensé cuando vinieron los padres de Sebastián a pasar un fin de semana. Mientras tomábamos el té, Alfonso les habló del camino.

—Así que estamos invirtiendo un poco de dinero para mejorar este pueblo. Que va a ser el pueblo de sus nietos, ¿saben?

Los padres pusieron cara de no entender nada.

—¿Qué nietos?

—Los del futuro. Porque Mara y Sebastián van a vivir acá cuando se casen.

Yo lo miré boquiabierta y él me guiñó un ojo, nervioso.

—¿Casamiento? –preguntó la mamá de Sebastián–. ¿Ya están hablando de eso?

—Claro que falta mucho –dijo Alfonso–, pero imagínense cuando ustedes vengan a visitar a los nietos, por el asfalto. El pueblo seguro va a haber crecido, gracias al camino.

Creo que nadie tenía tanta capacidad de imaginación, de modo que nos quedamos callados.

Por todo eso vale la pregunta: ¿quién engañó a quién? ¿Usamos el noviazgo para convencerlo a donar el dinero o lo usó él para justificarse? Pero ya no importa. Lo que es evidente, a esta altura, es que ser el artífice del camino lo hizo feliz. Ayer acordamos ir juntos a la inauguración, mañana a la tarde.

—Quiero que estemos los tres en primera fila –me dijo–. Al fin y al cabo, es nuestro camino.

—Tu camino –lo corregí–. Se llama Camino Vera.

—Eso no importa –dijo–. Es nuestro. Y siempre lo va a ser, Mara, aunque ya no estemos aquí. Cuando seas mayor y tal vez vivas en otra parte del país, o del mundo, vas a poder decir que en Las Flores tenés un camino. Un camino que te va a servir para venir o para irte, pero que va a ser tuyo. Porque vos también lo hiciste.

Yo sonreí. Alfonso tenía razón. Como siempre.

24

Diario del Grupo de Rescate

22 de septiembre de 2002

Hoy tuvo lugar la última reunión. En realidad, no era necesaria, pero quisimos hacer un brindis final para festejar que se cumplió nuestro sueño: ayer inauguramos el camino.

Qué fiesta, mi Dios, en la vida pensé que tendríamos una fiesta así. Habíamos enviado muchas invitaciones, pero no creíamos que toda esa gente realmente vendría. Por eso nos quedamos con la boca abierta cuando en un imponente auto negro llegó el gobernador de la provincia acompañado de un séquito de ayudantes y fotógrafos. A alguna gente de aquí les pareció mal: dijeron que era un gesto oportunista aprovechar nuestro trabajo para lucirse ante las cámaras. Y algo de cierto había. También vino mucha gente de San Marcos: comerciantes, políticos, periodistas y curiosos.

Estaba, claro, el pueblo entero. Habíamos colocado un pequeño escenario y varia sillas ahí donde empieza el camino, a dos cuadras de la plaza central. La gente del gobernador había avisado que quería dar un discurso, así que Luis le dio la palabra a él primero. A los florenses no les gustó. Y eso que el tipo no hizo más que halagarnos. Dijo que en medio de la peor crisis en la historia del país habíamos logrado una hazaña. Que teníamos todo su apoyo para el despegue turístico. Que íbamos a trabajar juntos. Y un montón de cosas más. Pero alguna gente empezó un murmullo que pronto se convirtió en abucheo. Un grito surgió entre el público.

—¡Lo hicimos solos! ¡No nos ayudó nadie! ¡Abajo los políticos!

Tengo que decir que las cosas se pusieron feas. Para salir del paso, la gente del gobernador intentó unos aplausos que sonaron a poco y lo bajaron del escenario. Enseguida subió Luis y pidió calma. Me dio un poco de pena porque estaba tan nervioso que apenas le salían las palabras. Dijo que tenía que hacer muchos agradecimientos. Para empezar, a don Alfonso. Hubo aplausos. Que sin su generosa donación nada hubiera sido posible. Pero también quería agradecer a otras personas, chicas y grandes, que habían hecho cosas increíbles, cosas que no les gustaban y nunca hubieran soñado hacer, para torcer el destino del pueblo. En ese momento levantó la cabeza y miró hacia donde estaban Mara y Sebastián.

—A ellos, especialmente –dijo sin nombrarlos– les quiero decir gracias.

A esa altura, yo lloraba un poco.

Entonces le pidió a don Alfonso que se levantara y juntos cortaran la cinta roja con que habían cruzado el camino. A los dos les temblaban las manos cuando tomaron juntos la tijera y en medio de los flashes de las cámaras hicieron el corte. Yo ya lloraba a moco tendido. Alguien le preguntó a don Alfonso si quería hablar y respondió que solo quería decir algo muy breve. Y entonces pronunció esa frase que nos dejó perplejos:

—Quiero agradecer a dos chicos que armaron una escena para mostrarme cuál era el camino que había que tomar.

Nadie entendió, o tal vez sí, pero todos aplaudieron.

—¿Qué quiso decir? –preguntó después María Rosa, en la reunión.

—Yo creo que sabe todo –dijo Leticia–, y que siempre lo supo.

—O no –intervino Santiago–. Pero nunca vamos a estar seguros.

Tiene razón Santiago: nunca lo vamos a saber. Pero lo que importa es que el camino ya es nuestro y que va a cambiar muchas cosas. En realidad, empezó a cambiarlas mucho antes de estar listo. Para todos. Y aunque este diario es para recordar estos históricos eventos y no para hacer comentarios sobre la vida privada, quiero decir que a mí el proyecto me abrió un camino propio. Y está tan lleno de esperanzas como nuestro asfalto.

Por eso estoy un poco sentimental y volví a derramar unas cuántas lágrimas cuando levantamos las copas y cada uno dijo su brindis. Los memoricé, para poder escribirlos aquí. Estos son:

—Por el camino.

—Por los turistas.

—Por don Alfonso.

—Por Sebastián y Mara.

—Por el complot.

—Por el futuro.

—Por que Las Flores viva.

Si te ha gustado este libro, también te gustarán:

La chica del tiempo, de Eva Piquer

El Barco de Vapor (Serie Roja), núm. 123

Iris, una chica de trece años, tiene que hacer las predicciones meteorológicas de un telediario escolar. Como por arte de magia, sus predicciones siempre se cumplen, incluso cuando anuncia una lluvia de ranas.

Los ojos sin párpados, de Xosé A. Neira Cruz

El Barco de Vapor (Serie Roja), núm. 134

Lena, una enamorada de la criptozoología, la ciencia que estudia los animales enigmáticos, entre ellos los conocidos como *pies grandes,* tiene la enorme oportunidad de trabajar un verano en el laboratorio de su tío, uno de los principales especialistas en la materia.

Un paquete postal llamado Michele Crismani,
de Luciano Comida

El Navegante (Serie Humor), núm. 13

Como si fuera un paquete postal, Michele Crismani, de trece años de edad, es enviado a unas vacaciones-exilio en Tolmezzo. Una ciudad aburrida, calurosa y llena de mosquitos, dos primos insoportables, una casa sin televisor y ni un solo amigo de su edad.

¡Déjate caer por fueradeclase.com un portal para gente como tú!

EL BARCO DE VAPOR

SERIE ROJA (a partir de 12 años)